아무튼, 바이크

아무튼, 바이크

김꽃비

코난북스

차례

〈바이크 : 더 비기닝〉

스무 살 때 친구에게서 자전거를 선물 받았다. 그때까지 나는 '내 자전거'를 가져본 적이 없었다. 아주 어릴 때 '우리 자전거'라는 게 하나 있긴 했다. 그러나 주로 남동생이 타고 다녔으니 사실상 남동생 자전거나 마찬가지였다. 나조차도 이 자전거의 소유권은 동생에게 더 있다고 생각했던 것 같다. 아무도 그렇게 선언하진 않았지만 자연스럽게 운동장은 남학생들 차지였던 것처럼, 그 자전거는 '우리 자전거'라는 이름으로 동생 자전거가 됐다. 그래도 그 자전거로 자전거 타는 법을 배울 수는 있었다.

그러다 스무 살이라는 뜻깊은 나이에 처음으로 '내 자전거'를 가진 삶이 시작된 것이었다. 기어도 없고 바퀴도 작은 접이식 자전거였다. 그래도 나는 마치 바퀴라는 걸 처음 경험한 사람처럼 금세 경탄하고 말았다. 바퀴라는 것이, 바퀴 달린 탈것이 이렇게 편리하고 대단하다니. 머리로 알고는 있었지만 실질적이고 직접적인 경험을 해보니 와닿는 게 달랐다. 숱한 교과서에 바퀴는 인류 역사의 위대한 발명품이라고 쓰여 있었어도 그땐 그저 뻔한 암기 과목 외울 거리에 불과했다. 그러던 것이 내가 두 발로 바퀴를 굴려 진가를 느끼니 전혀 다른 것이 되었다.

나의 한 걸음은 기껏해야 1미터에도 못 미쳤지

만 이 인류의 위대한 발명품은 발을 한 번 구를 때마다 적어도 1미터에서 수 미터를 이동할 수 있었다. 생활자전거의 평균 속도가 시속 20킬로미터 정도라고 하는데 내 접이식 자전거가 그보다 느렸더라도 걷는 것보다는 적어도 두 배는 빨랐다. 마음 같아서는 휠휠 나는 것만 같았다. 내 자전거와 함께라면 어디든 갈 수 있을 것만 같았다. 바퀴에 대한 경외감, 바퀴를 발명해주신 조상님들(?)에 대한 존경심과 감사함마저 차올랐다. 바퀴가 등장한 지 수천 년은 훌쩍 넘었을 이때에, 어제 태어나서 이제 막 바퀴를 처음 본 것도 아닌데 말이다(친구는 내가 뭐든 과도하게 감탄하는 경향이 있다고 했다. 맞는 말 같다).

자전거를 타고 다녀보니 걷는 일이 너무 비효율적으로 느껴졌다. 지금 이 한 걸음 걸을 동안 자전거로 발을 한 번 구르면 벌써 저만큼 갔겠다 생각하니 답답했다. 걸어서 10분 걸리는 거리는 자전거로 5분도 안 걸려서 갈 수 있고, 20분 거리는 10분도 안 걸린다. 그리고 이 걸어서 20~30분 걸리는 곳이 뚜벅이들 발길이 가장 안 닿는 곳이다. 걷기에는 좀 멀고 대중교통으로 가기에도 애매하게 느껴지는 거리, 시간이다.

자전거를 타니 그런 거리에 있는 장소를 더 쉽

고 편하게 갈 수 있게 되었다. 그래서 가깝지만 멀게 느껴지던 동네를 구석구석 더 잘 알게 되었다. 동네라고 부르기는 해도 늘 다니는 길, 집 주변 외에는 잘 몰랐는데 내 세계가 확장되는 것이 느껴졌다.

그렇게 자전거에 흠뻑 빠지니 대중교통도 이용하고 싶지 않았다. 대중교통 자체가 싫다기보다는 자전거를 타고 버스 정류장이나 전철역까지 가서 거기 자전거를 세워두고 대중교통으로 갈아타기가 싫었다. 그러면 자전거를 타는 시간이 너무 짧았다. 그리고 내 소중한 자전거를 그렇게 무섭고 외롭게 홀로 두고 멀리 떠날 수는 없었다. 이건 마치 연애 초반에 연인과 한시도 떨어지지 않고 싶은 마음과 비슷했다. 조금이라도 더 자전거를 타고 싶었다. 버스나 지하철에 자전거를 들고 타는 것도 생각해봤으나 그건 너무 힘들고 번거롭고 낯선 일이었다. 그래서 아예 목적지까지 자전거를 타고 가기를 선택했다.

스무 살의 나는 연영과 입시를 준비하는 재수생이었다. 실기시험을 준비하러 다닌 연기학원은 구로역 근처에 있었다. 우리 집은 구로구의 끝자락, 서울시 경계에 가까운 경기도 부천시의 외곽 마을이었다. 서울에서 경기도까지 자전거로 통학했다고 하면 떠올릴 법한 거리감보다는 제법 가까웠지만, 그래도

9킬로미터 정도 되는 거리였다. 자전거를 선물 받은 후로 나는 매일 그 길을 자전거로 통학했다.

　내 작은 접이식 자전거로 집에서 학원까지는 딱 50분이 걸렸다. 50분이면 대중교통보다 빠르지도 않았다. 위험하기도 했다. 그때 나는 자전거도 차도로 달려야 한다는 사실을 몰라서 인도로 달렸다. 그러다 인도가 사라지는 구간이 나오면 어쩔 수 없이 차도로 내려와 바깥 차선으로 달리곤 했는데 그럴 때면 버스나 대형 트럭 등이 정말 스치듯 지나가서 온몸의 피가 차갑게 식는 것처럼 소스라치게 놀라기 일쑤였다. 차라리 차도를 당당히 차지하고 달렸다면 덜 위험했을까. 사륜차들이 순순히 봐줬을 것 같지는 않다. 2021년인 지금도 자전거가, 바이크가 도로 한 차선을 차지하고 달리고 있으면 거슬린다고 여기는 운전자들이 많으니 말이다.

　자전거로 통학하는 일은 더 빠르지도, 더 편하지도 않았다. 그러나 더 재밌고 더 자유로웠다. 내 힘으로 직접 뭔가를 할 수 있다, 해낸다, 그런 성취감이 들어서 더 좋았다. 단점을 모두 상쇄하고도 남을 만큼 좋았다. 그래서 정말 하루도 빼놓지 않고 매일 자전거로 학원을 오가고, 친구를 만나건 어디를 가건 항상 자전거를 타고 다녔다.

스무 살, 성인이 되면서 자전거와 함께 새로운 인생의 장이 열리는 기분이었다. 이 시기의 내 생활을 영화로 만든다면 제목은 〈바이크: 더 비기닝〉이어야 할 것이다. 바이크에 과도하게 감탄하고 집착하고 오기마저 부리는 지금 내 모습과 굉장히 닮아 있고, 내 바이크 인생에서 떼놓고 말할 수 없을 정도로 이때부터 무언가 시작된 것 같기 때문이다.

  그러나 새로운 장이 열릴 것 같았던 내 자전거 라이프는 허무하고 갑작스레 끝나버렸다. '비기닝'이라는 말이 무색하게, 그렇게 사랑했던 나의 자전거 라이프는 1년도 채 못 가 막을 내리고 말았다. 어느 날 어떤 인간이 자물쇠로 잘 매둔 내 자전거를 훔쳐 갔기 때문이고, 재수생이었던 나는 당장 새 자전거를 살 능력이 없었기 때문이다. 정말로 눈물을 머금으며 언젠가 꼭 다시 내 자전거를 사겠다고 다짐했을 뿐이었다.

첫 바이크

스물아홉. 어느덧 서른을 앞두고 있었다. 그동안 나는 〈삼거리 극장〉으로 첫 장편영화 주연을 맡았다. 그 후 〈똥파리〉에 출연했는데, 이 작품이 일본에서도 성공한 덕분에 일본 영화들에도 출연했다. 전 세계 영화제를 다니며 만난 감독들과도 각국에서 작품을 찍었다. 배우로서 성취감을 느끼며 바쁜 나날을 보냈다. 시간은 참 빨랐다.

아직 자전거는 사지 않은 채였다. 그동안 두 바퀴 탈것이 사고 싶어지는 때가 주기적으로 찾아오긴 했다. 그러나 뭘 살까 고민만 죽도록 하다 제 풀에 지쳐 아무것도 못 사고 포기하기만 반복하다 9년이 흘렀다.

그렇게 오래 고민한 건 바이크 때문이었다.* 자전거가 아니라 바이크를 갖고 싶다는 생각을 처음 한 건 스물한 살 무렵이었다. 당시 필름카메라에 관심 있는 사람들이 모인 인터넷 동호회, 정확하게는 한 시대를 풍미하고 역사 속으로 사라진 싸이월드의

---

* 그렇다. 이 책에서 말하는 바이크는 모터바이크다. 바이크라고 하면 자전거를 뜻하기도 하지만 우리는 모터바이크를 짧게 바이크라고 부르기로 한다. 자전거는 사이클이라는 단어도 있으니 바이크라는 단어는 모터바이크에 양보해주면 고맙겠다.

한 클럽에서 알게 된 친구가 있었다. 좋아하는 것도 비슷하고 생각도 잘 맞아서 그 친구와 금방 친해졌다. 감성이라는 단어를 쓰면 우선 코웃음이 나고 좀 유치하게 여겨질 만큼 맥락이 오염된 느낌이 들어 이런 표현을 쓰는 게 탐탁지 않지만 그렇다고 대신할 표현도 찾지 못하겠다. 그렇다. 그 친구와는 감성이 잘 맞았다.

나의 감성 친구는 '비노'를 타고 다녔다. 비노는 야마하에서 나온 50cc 스쿠터다. 내가 대학에 다닌 시절에는 비노를 비롯한 귀여운 스쿠터들이 학생들 사이에서 유행했다. 스쿠터는 넓은 캠퍼스 안 강의실과 강의실 사이, 교문 밖 식당들과 자취방 사이를 종횡해야 하는 대학생들에게 안성맞춤이었다. 생활권 안을 쉽고 빠르게 이동할 수 있으면서도 생김새가 귀여워 당시 대학생들 사이에서 크게 인기를 끌었다.

어느 날 감성 친구가 도고온천에 가보고 싶다며 내가 자취하고 있는 천안에서 가까우니 나더러 같이 가자고 제안했다. 대중교통으로 가기 까다롭고 먼 곳까지 어른의 도움을 받지 않고 간다는 것은 갓 성인이 된 나에게는 상상도 해보지 못한 무척 대단한 일이었다. 나는 모험을 떠나는 사람처럼 설레고

들떴다.

높은 빌딩, 거리를 오가는 사람들, 차선이 많은 대로, 그 도로를 가득 메운 차들, 차들이 내뿜는 매연. 익숙한 도시의 풍경과 소음, 냄새를 지나치며 달리다가 조금씩 숨통이 트이는 것 같아 정신을 차려 보니 어느새 높은 빌딩들로 가려지지 않은 하늘이 넓게 펼쳐져 있고 논밭과 푸른 나무들로 가득한 풍경이 눈에 들어왔다.

오래된 기차역과 기찻길이 품은 특유의 분위기가 마음을 간질였다. 가로수 사이로 쭉 뻗은 흙길에는 해 질 녘의 노랗고 기다란 빛이 비추었다. 나무도 노랗게 빛을 발하면서 길에 그림자를 냈다. 근처에는 작은 읍내가 있었다. 오래되고 낡은 슈퍼, 미용실, 방앗간 등이 길을 따라 이어진 읍내 풍경은 시골에 살아본 적도 없는 내게는 있을 리 없는 가짜 향수를 자극했다. 내 감성을 저격하는 잊을 수 없는 낭만적인 여행이었다.

함께한 여행이 즐거웠는지 친구는 그 후로도 자주 나를 여행에 끼워줬다. 친구가 이번에는 바이크를 타고 좀 더 길고 먼 여행을 가고 싶다고 했다. 캠핑을 하며 며칠에 걸쳐 목포까지 가서 거기서 배를 타고 제주도까지 갔다 오자고 했다. 기다리고 있던 것처럼, 보자마자 알아보는 운명처럼 친구의 제안을 듣자마자 강하게 끌렸다. 캠핑을 해본 적도 없었으면서 캠핑이란 말을 듣자마자 나는 내가 캠핑을 좋아할 거라고, 이 여행은 무조건 재밌을 거라고 확신했다.

확신은 적중했다. 감성 친구와 떠난 그 여행을 계기로 나는 여행과 캠핑의 매력에 눈을 떴다. 내 인생에 큰 영향을 끼친 사건이 몇 있는데 이 여행도 그런 기점 중 하나일 만큼 나에게는 삶의 어떤 기폭제가 된 사건이었다. 여행에 대해, 더 넓게는 삶에 대해 어떤 태도를 가져야 할지, 삶에서 어떤 것을 추구해야 할지 방향성을 깨닫는 계기가 되었다.

뭘 좋아하는지, 뭘 하면 만족하는지 안다는 건 중요한 것 같다. 뭘 좋아하고 무엇에 만족하는지 알면 그걸 향해서 나아갈 수 있다. 내가 좋아하는 것, 내가 만족할 수 있는 것은 내가 뭔가를 결정할 때 기준점이자 중심이 되어준다. 나는 내가 뭘 좋아하는지 잘 안다.

여행 중에 한적한 곳에 다다르자 친구가 나에게 직접 운전을 해보라고 비노의 운전대를 내줬다. 난생처음 바이크 운전대를 잡은 순간이었다. 처음인데 뜻밖에 그리 어렵지 않았다.

'나도 바이크 탈 수 있겠는걸?'

'나도 바이크 타고 싶다!'

자신감과 함께 열망이 일었다. 마음속에 바이크의 씨앗이 심어지는 순간이었다. 그때, 나도 언젠가는 친구처럼 꼭 비노를 사야겠다고 결심했다.

그렇게 감성 친구를 통해 여행에 눈을 뜨고서 다음 해에 40일 동안 무전 여행을 하기도 했고, 그 다음 해에는 내일로티켓을 이용해 여행을 가기도 했다. 그러나 해가 갈수록 그런 여행을 떠나기가 쉽지 않았다. 여행에 대한 끈을 놓지 않으려고 노력했지만 대중교통으로 다니는 여행은 너무 번잡하고 힘이 들었다. 바리바리 싼 짐을 짊어지고 집을 나와 버스, 지하철을 타고 가서 다시 기차, 고속버스를 타야 한다. 환승은 지옥이다. 교통비도 많이 든다. 그런 번거로움까지 감수할 기력은 없었다.

일로 활발하게 활동하면서 여러 새로운 사람들을 만나느라 정신이 팔려서 여행에는 더욱 짬을 못 냈다. 일 겸 여행 겸 해외에 나갈 일은 자주 있었지만 내가 좋아하는 그런 여행은 못 간 지 오래였다. 그렇게 몇 년이 흐르고 나니 캠핑, 여행은 내 삶에서 멀어져 있었다. 바이크도 자전거도 사고 싶다고 고민하는 주기만 가끔 한 번씩 찾아올 뿐 저지르지 못한 채였다.

그러다 스물아홉 어느 날, 또 한 번 그 주기가 찾아왔다. 과연 이번에도 이것저것 재고 고민만 하다가 또 제 풀에 지쳐 포기하게 되지는 않을는지 알 수 없었다.

예산이 많지 않았으므로 '중고나라'를 뒤졌다. 예산이 많지 않았음에도 사고 싶은 건 많고 젤 것도 따질 것도 많았다.

1순위는 역시 자전거였다. 그러면서 스쿠터도 사고 싶었다. 자전거냐 스쿠터냐, 양자택일이면 그나마 나았으련만 선택지는 또 있었다. 자전거와 스쿠터, 그 둘의 중간 지점이라 할 수 있는 모페드라는 게 있었다. 모페드는 '자토바이(자전거+오토바이)'라고 부르기도 한다. 나름 일리 있는 속어인데 모페드라는 말 자체가 모터(바이크)와 페달(자전거)을 합친 말이기 때문이다.* 겉보기에는 자전거 같은 모습인데 엔진이 달려 있어서 자전거처럼 페달을 밟아 갈 수도 있고 바이크처럼 엔진 동력으로 갈 수도 있다.

* 스쿠터는 발판이 있는 탈것이라는 뜻인데 우리나라에서는 어원과 달리 작은 바이크를 스쿠터라고 부르는 어폐가 있다. 마찬가지로 서구권에서는 작은 바이크를 모페드라고 부르는 경향이 있다.

오, 이거면 두 마리 토끼를 다 잡을 수 있는 것 아닌가? 너무 참신했다.

모페드 중에 한국에서 가장 유명한 모델이 토모스 클래식이다. 레트로하고 귀여우면서도 멋진 토모스의 디자인을 보고도 마음을 빼앗기지 않을 사람이 있을까 싶다. 나 역시도 마음을 쏙 빼앗겼다. 자전거를 살까 바이크를 살까 하는 고민에 그 둘을 합친 모페드, 토모스 클래식이 최선의 해결책인 것도 같았다.

그렇지만 토모스는 예쁘고 매물이 귀하다 보니 프리미엄까지 붙어 성능에 비하면 꽤 비싼 편이었다. 내 예산에 비하면 많이 비쌌다. 모페드지만 차체가 무거워 페달은 사실상 무용하다는 평을 보니 망설임은 더해졌다. 고심을 하다가 그렇다면 전기자전거를 사면 환경에도 좋고 기름 값도 안 들고 좋지 않을까 싶어 매물을 찾아봤지만 당시에는 전기자전거도 너무 비쌌다.

자전거에서 바이크, 모페드, 전기자전거…. 예산은 내 간댕이만큼 작으면서 생각하는 조건은 많았다. 그러니 그 예산과 조건에 맞아떨어지는 선택지를 찾기란 너무나도 어려운 일이었다. 그동안에도 두 바퀴 탈것이 갖고 싶다는 마음이 일 때마다 늘 이런 식으로 고민만 하다가 결국 아무것도 안 사고 포기하고 말았는데. 이번에도 또 한 번 그럴 위기에 봉착했다.

그런 마음으로 다시 스쿠터를 검색하기 시작했다. 어느 물건이나 그렇듯 싼 건 안 예뻤다. 예쁜 건 비쌌다.

그러다 우연히 '커스텀' 매물을 보게 됐다. 순정 상태로는 무척이나 못생겨 보였던 바이크에 도색만 해도 이렇게 달라지고 예뻐질 수 있다니. 그럼 나도 이런 못생긴 바이크를 사다가 도색하고 커스텀을 해서 타볼까? 그러니까… 이 스쿠터 모델명이 택트라고? 어디 보자… 중고나라, 택트 검색. 엥? 무슨 스쿠터가 15만 원밖에 안 해? 앗! 스쿠터, 자전거보다 싸다!

20대 내내, 몇 년을 거듭한 두 바퀴를 향한 마음이 드디어 결론에 다다른 것 같았다. 그래 일단 지르자. 그 가격이면 잘못된 선택에 치르는 대가라고 해도 그리 비싼 값은 아니니까.

15만 원짜리 97년식 2행정 엔진 50cc 스쿠터, 택트.

그렇게 서른을 앞둔 스물아홉 여름, 나는 드디어 '내 바이크'를 갖게 되었다. 나의 택트는 정말 싼

만큼 정말 고물이었다. 그래도 '내 자전거'를 갖고
싶다는 마음이 9년 만에 이룬 결실이었다.

그런데 문제가 있었다. 나는 면허가 없었다.

선 바이크, 후 면허

자전거를 살까 스쿠터를 살까, 막연히 그렇게만 생각하다 갑자기 스쿠터를 충동구매했으니 면허가 있을 리 없었다. 당장 면허시험부터 봐야 했다. 대충 어떤 느낌인지 감이라도 잡아보자 싶어 텍스트에 한번 앉아보지도 않은 채로 면허시험에 도전했다.

바이크는 배기량 125cc를 기준으로 125cc 이하는 원동기면허, 125cc 이상은 2종소형 면허가 필요하다. 텍트는 50cc니 원동기 면허시험 도전. 결과는 광속 탈락.

오케이, 알겠어. 일단 원동기면허는 혼자서는 절대로 딸 수 없다는 걸 확실하게 깨달았다. 빠르게 목표를 사륜차 2종보통 쪽으로 돌렸다. 2종보통 면허 소지자는 원동기를 몰 수 있다. 사륜차 면허라면 혼자서도 딸 수 있을 것 같았다.

대학 입학을 앞둔 2월에 운전면허 학원에 다닌 적이 있었다. 학과시험, 기능시험 모두 한 번에 합격했는데 도로주행은 불합격 판정을 받았다. 그러다 곧 대학에 입학하고서 재시험을 보지 못했다. 1년 안에 도로주행 시험만 다시 보면 되는 거였는데 천안에서 자취를 하며 이등병과도 같은 연극과 신입생 시절을 보내느라 좀처럼 그 시간을 내기 어려웠다. 그러다 1년을 넘겨 학과시험, 기능시험도 다 다시 봐야 했다. 그게 싫어서 재도전을 안 했다.

9년이나 지났지만 그래도 면허학원에 다녀본 경험이 도움이 되었는지, 인터넷만 참고하고서 필기와 기능시험에 가뿐히 붙었고 지인의 도움으로 도로주행 연습을 한 번 하고는 2종보통(자동)면허를 단번에 취득했다.

똑같은 바이크를 몰 수 있는 자격이 주어지는 시험인데, 나는 똑같은 사람인데, 어떤 시험은 나를 운전할 자격이 충분히 된다고 높은 점수를 주었고, 어떤 시험은 광탈시켰다. 왜 그런 걸까?

이륜차 면허시험은 도로주행은 없고 학과시험, 기능시험만 치른다. 그런데 기능시험 합격 점수가 90점 이상으로 꽤 높다. 실수 한 번에 10점 감점이니 실수는 단 한 번만 허락된다(현재 기능시험 기준으로 사륜차 면허인 1, 2종 보통은 80점 이상이면 합격이다. 도로주행은 70점 이상이면 합격이다!).

기능시험 코스는 굴절, 에스(S) 자, 좁은 길, 장애물 네 가지인데 시작이 가장 극악한 굴절 코스다. 폭이 1미터인 좁은 길로 3미터를 가다가 90도 직각으로 우회전(또는 시험장에 따라 좌회전)을 하고 8미터를 가서 다시 90도 직각으로 좌회전(또는 우회전)하는 코스다.

하, 이게 글로만 봐서는 감이 잘 안 잡힐 수도 있는데 그냥 걷거나 달린다 쳐도 폭 1미터는 굉장히 좁다고 느껴질 것이다. 게다가 3미터, 8미터는 엄청 짧게 느껴지는 거리다. 사람 하나만 겨우 지나갈 수 있는 좁은 골목길을 벽에 털 끝 하나 닿지 않고 달리라고 하면 비슷한 기분일까? 그래서 극악하다고들 한다. 하필 첫 코스가 굴절이니 굴절을 통과하면 합격이라고 보면 될 정도로 응시자 대부분이 여기서 떨어진다.

초보자들이라 그렇게 떨어지나 생각할지도 모르겠다. 굴절 코스는 평소 이륜차를 많이 몰아봤다 하는 라이더들도 연습 없이는 결코 쉽사리 통과하지 못하는 곡예에 가까운 코스다.

원동기나 2종소형 모두 시험 보는 바이크 기종만 다를 뿐 코스는 동일한데 2종소형은 원동기보다 더 큰 바이크로 코스를 통과해야 한다. 2종소형은 125cc 넘는 바이크를 운전하기 위해 필요한 면허라서 바이크 경력이 길고 운전이 능숙한 라이더들이 배기량이 더 큰 바이크를 타려고 응시하는 경우가 많은데 그런 그들도 다 굴절 코스에서 울고 간다. 그렇다 보니 늘 바이크를 타고 다니거나 배달 일을 하는 능숙한 라이더들이 자기 바이크를 몰고 시험을 보러 왔다가 광탈하고 다시 자기 바이크를 몰고 돌아간다는 우스갯소리도 있다.

　두 바퀴류는 적당한 속력이 붙어야 더 안정적이다. 느리면 오히려 중심 잡기가 어려워 불안정하다. 자전거를 타도 그렇지 않던가. 페달을 천천히 밟으면 자전거 몸체가 좌우로 크게 흔들리지만 속력이 붙으면 중심 잡기가 훨씬 수월해진다. 거기다 바이크는 저속에서 엔진 출력이 불안정하다. 차체가 쿨럭쿨럭 요동친다. 출력이 안정적일수록 섬세한 주행이 가능하다. 그렇다고 안정성을 위해 속도를 올리면 원심력 때문에 회전 반경이 커져서 코스를 이탈하기 쉽다. 거기다 익숙하지 않은 낯선 바이크로 시험을 봐야 하니…. 광탈하는 게 당연하다.

　나는 원동기 면허 대신 사륜차 면허인 2종 보통으로 바이크 운전을 시작하고서 나중에 이륜차 면허인 2종소형 면허를 땄다. 그때는 100점 만점으로 면허를 따냈다. 나는 도대체 이 면허시험을 어떻게 100점으로 합격했을까? 답은 반복 연습이다. 최대한 시험과 비슷한 조건으로 반복 연습을 하는 것만이 길이었다. 그래서 실은 면허를 따는 가장 편리한 방법이 학원에 다니는 것이다.

　그때 나는 한 바이크 잡지사에서 2종소형 면허

도전기를 연재하는 조건으로 학원 등록을 지원 받았
다. 학원에 가면 시험장과 똑같은 코스가 마련돼 있
고 시험장과 똑같은 바이크 기종들이 준비돼 있다.
학원 자체 시험이 가능하기 때문에 연습하던 곳에서
연습하던 기종으로 그대로 시험을 보면 되니 합격률
이 시험장에서 치르는 것보다 훨씬 높다.

　　그래서 학원에서 면허 따는 것을 흔히들 '돈 주
고 면허 샀다'고 표현한다. 학원 수강료가 비싸기
때문에 어떻게든 스스로 합격해보려는 사람도 많은
편이다. 면허시험 응시료가 워낙 저렴해서 시험장에
서 스무 번 넘게 탈락해서 그때마다 응시료를 내도
학원비보다 싸기 때문에 실제로 '꾸준하게' 시험을
치르는 사람도 많다.

　　학원에 그만 한 돈을 내는 만큼 가치가 있는 배
움이라면 돈이 왜 아깝겠나. 내가 면허시험에 대해
할 말이 많아진 것도 이 때문이다. 학원에서 배우는
것, 면허시험에서 보는 것은 나중에 내가 실제로 바
이크 운전하는 데 필요한 능력과는 거의 관계가 없
었다.

　　바이크를 운전하면서 실제로 이런 곡예에 가까
운 코스에서 주행할 일은 별로 없다. 오히려 이 곡예
코스가 배달 라이더들의 위험한 주행을 부추기려는

게 아니냐는 비웃음이 나올 정도다. 굴절 코스는 정체 도로에서 차량 사이사이를 꺾어 지르는 주행, 좁은 길 코스는 갓길 주행 능력을 테스트하는 것이려나. 시동을 걸 줄은 아는지, 기어 변속은 능숙하게 할 수 있는지, 바이크가 넘어졌을 때나 유사시에 어떻게 대처해야 하는지, 그런 게 정말 필요한 능력 아닌가. 그렇다면 그런 기술을 갖췄는지 보는 게 면허시험 아닐까. 사륜차 면허시험을 보는데 각종 조작이나 급정지 등은 보지 않고 드리프트를 못하면 탈락이라고 하면 어떻겠나.

더 이상한 것은 이렇게 어려운 곡예를 해야 원동기면허를 딸 수 있는데, 이런 시험을 보지 않고도 원동기면허를 가진 것과 같은 자격을 얻을 수 있다는 사실이다. 원동기면허를 취득해야 125cc 이하의 이륜차를 운전할 수 있는 자격이 주어진다. 그런데 사륜차 2종보통 면허를 취득해도 같은 자격이 주어진다. 사륜차 면허 시험이 절차는 더 많은 것 같아도 훨씬 쉬운 데다, 사륜차 운전 자격까지 주어지니 원동기면허만 따느니 2종보통을 따는 편이 훨씬 합리적이다. 그래서 나도 원동기 면허에서 2종보통 면허로 선회한 것이었다.

바이크를 운전하는 데 그러한 곡예가 꼭 필요

한 능력이라면 어째서 바이크에 한 번 앉아보지도 않고 취득하는 사륜차 면허로도 바이크를 운전할 수 있는 자격이 주어지는 걸까.

이상한 점은 한두 가지가 아니다. 그래, 사륜차 면허로 바이크를 몰 수 있게 하는 건 이유가 있겠거니, 그렇다 치자. 2종보통 자동 면허로는 자동변속 바이크만 몰 수 있고 원동기면허로는 자동, 수동 모두 몰 수 있다. 그런데 원동기 시험을 수동 변속 바이크로 보는 것도 아니다. 대부분은 언더본*으로 시험을 보는데 언더본은 정식 매뉴얼 바이크가 아니다. 클러치 레버가 없고 기어 시프트 페달만 있는, 세미 오토라고 할 수 있다.

여기서 끝이 아니다. 심지어 어떤 시험장에서는 자동 변속 바이크로 원동기 면허시험을 본다. 내가 아는 한은 정식 매뉴얼 바이크로 원동기 시험을 보는 곳은 없다(당연하다. 수급 가능한 125cc 미만 매뉴얼 바이크가 없다). 그래 놓고 원동기 면허로는 수동도 몰 수 있고 2종보통 자동 면허는 자동만 몰 수 있다니. 2종보통 수동 면허도 있기는 한데 굳이 그걸 따는 사람이 몇이나 될까.

* underbone. 엔진이 차체 프레임 아래 달린 바이크.

더 기가 막힌 건 이런 말도 안 되는 면허 기준을 나는 인터넷에서 열린 갑론을박을 보고 알게 되었다는 점이다. 사륜차 2종보통 자동 면허를 취득하고서 시티100을 타고 다닐 때였다. 그런데 이 인터넷 토론을 들여다보니 시티100은 수동으로 분류되기 때문에 2종보통 자동 면허 소지자가 몰면 조건 위반이라고 했다. 그렇담 나 무면허 운전인데?

법을 위반하기 싫어 법을 뒤졌다. 아무리 찾아봐도 그런 조항은 찾아볼 수 없었다. 급기야 도로교통안전공단부터 경찰청까지 전화를 걸어 물었다. 설상가상 답변이 모두 달랐다. 어디서는 안 된다고 하고 어디서는 된다고 했다. 어찌저찌 주어진 정보를 취합해보니 결론은 시티100은 수동 면허 소지자가 운전해야 한다는 것으로 났다.

화가 났다. 악의 없는 무지한 범법자를 만드는 법이라니. 그런 걸 제대로 알리지 않다니. 안내라도 정확하게 하라고 항의했더니 나중에 자동, 수동 조건에 대한 안내 문구가 추가되긴 했다(이런 건 또 곧바로 실행되다니, 신기했다).

그런 조건조차 부처마다, 담당자마다 다르게 알 정도니 일반 시민들이 제대로 알 리가. 혹시, 설마, 주먹구구, 중구난방 만들어진 법이라 너무 허술

해서 쉬쉬하는 건가. 그게 아니면 이륜차는 누구도 신경 쓰지 않는 2등 시민 같은 존재라서 그런 걸까. 그래서 이런 말도 안 되는 체계가 몇 십 년 동안이나 유지되는 걸까. 이 밖에도 미심쩍은 지점들은 여전히 많다.

'왜 바이크는 이런 대접을 받지?'

이 질문은 비단 면허시험에서만 그치지 않았다. 바이크를 타는 내내 이 질문이 시시때때로 떠올랐다.

택트, 빌어먹을 짐승 같은 머신

당당히 면허를 취득하고서 기쁜 마음으로 택트에게 달려갔다. 내 바이크에 앉았다. 그리고 약 8년 전, 친구 비노에 올라타 스로틀*을 당겼던 그 감각을 떠올리며 살짝 스로틀을 감아봤다.

분명 손목을 살살 감아 당겼는데도 생각보다 센 힘이 느껴졌다. 까딱하다가는 급발진이라도 할 것만 같아 스로틀을 꼭 쥔 손에 힘이 들어갔다. 손목을 더 이상 감을 수가 없었다. 뭐랄까, 내가 감당할 수 없는 짐승에 올라탄 느낌이랄까? 자칫하다가는 아직 길들지 않은 야생마가 날뛸 것만 같았다. 너무 무겁고 힘이 셌다.

택트를 머신이라고, 그것도 짐승 같은 머신이라고 부르면 바이크를 아는 사람들은 웃을지도 모르겠다. 택트가 어떤 바이크인지 모르는 사람도 '저게

* 스로틀(throttle)이란 '엔진의 실린더로 유입되는 연료
  공기의 양을 조절하여 조종사가 원하는 동력 또는
  추력을 얻는 조종 장치'(국방과학기술용어사전)다. 자동차
  액셀러레이터라고 생각하면 된다. 걸보기에는 평범한
  손잡이처럼 생겼다. 그래서인지 바이크를 모르는 사람이
  부릉부릉 바이크 모는 흉내를 낼 때 잘 틀리는 게 바로
  양손을 모두 감아 당기는 시늉을 하는 거다. 스로틀은
  양쪽이 아니라 한쪽, 보통 오른쪽 손잡이에 있고 긴
  원통형의 손잡이를 내 몸 쪽으로 굴리듯이 돌려 작동한다.

택트야' 하면 다 알 만한 흔한 바이크다. 그리고 '저 작고 앙증맞은 바이크가 짐승 같다고?' 갸우뚱할지도 모르겠다. 그러나 처음 택트에 올라탄 나에게는 정말 짐승 같은 머신처럼 느껴졌다. 자신감이 급하락했다. 나는 이 머신을 다룰 수 없을 것 같았다.

분명 옛날에 비노를 타봤을 땐 쉽다고 느꼈는데? 그때는 아무것도 모른 채로 그냥 잘 탔는데? 이유가 뭘까? 차이가 뭘까? 내가 그때보다 나이를 먹었다는 것? 그게 이유일까? 혹시… 정말 내가 여자라서, 서른이 다 돼가는 여성이라서 못하는 건가?

머리로는 분명히 성별 때문이 아니라는 걸 알면서도, 정말 말도 안 되는 생각이라는 걸 알면서도, 저 구석 한편에서 그런 생각이 스멀스멀 올라왔다. 20대 초반에는 탈 수 있었던 스쿠터를 서른에 가까워졌다고 갑자기 못 타게 될 리 없는데도 말이다.

돌이켜보면 30대가 다 돼가는 여성이었으면서 나 스스로 30대 여성, 아줌마에 대한 부정적인 이미지를 갖고 있었기 때문이었는지도 모르겠다. 변명하자면 그때만 해도 30대 이상 여성 롤모델을 찾기가 쉽지 않았다. 나도 모르게 학습된 아줌마에 대한 인식이 실제의 나와 충돌했다. 나는 비논리적인 성차별적 고정관념에 휘둘렸다.

그 짧은 순간에 뭐 그런 생각까지 했을까 싶겠지만 아는 사람은 안다. 이런 목소리는 우리가 주춤거릴 때마다 집요하게 빈틈을 파고들어 자리를 차지해서는 우리를 주저앉히고 말지 않던가. 이유야 어떻든 두려운 건 사실이었다. 그러나 어떤 이유로든 이 바이크를 내 힘으로 몰고 싶었다. 내 바이크 아닌가. 내 바이크를 포기할 수는 없었다.

아주 조금씩 스로틀을 당겼다. 당겼는지 보이지도 않을 만큼 살짝, 살짝. 처음엔 과장 조금 보태서 1센티미터씩 움직이는 것 같더니 차츰 스로틀을 한 번 감아 나아가는 거리가 길어졌다. 그렇게 그렇게 감각이 손에 익었다. 감이 잡힌다! 감이 잡히고 있다는 감이 잡혔다. 차체의 밸런스라는 게 뭔지도 조금씩 알 것 같았다. 머신을, 짐승을 장악하고 통제하고 있다는 느낌은 짜릿했다. 감이 잡히고 밸런스가 느껴지니 자신감이 붙었다. 자 이제 바이크를 타고 집에 가볼까?

그러나 바이크에는 어찌 적응하긴 했는데 막상 도로에 나가려니 너무 무서웠다. 짐승 하나를 겨우 길들였는데 짐승들이 우글우글 출몰하는 정글에 던져지는 것 같은 기분이었다. 도로 위 사륜차들은 쌩쌩 잘도 달렸다. 그때 나는 교통 신호나 차량 흐름

같은 건 전혀 몰랐다. 그런 엉뚱한 면허로 운전 자격이 주어졌으니 당연한 일이다. 물론 2종보통 면허를 땄으니 표지판을 하나하나 보여주고 무슨 뜻인지 물으면 다 답할 수는 있겠는데 한눈에도 대여섯 개 표지판과 신호등이 한꺼번에 보이는 도로에서 이걸 동시에 해독하고 판단하는 건 다른 문제였다. 조금만 낯선 신호나 도로 형태가 나오면 무슨 신호를 받고 어떻게 이동해야 할지 몰라 당황했다. 실제 상황. 실제 상황. 인생은 실전. 인생은 실전. 극한 상황에서 오히려 침착해졌다.

그렇게 무사히 집까지 도착할 수 있었다. 집에 돌아오고 나서야 살기 위해 바짝 긴장했던 게 풀리면서 피로가 몰려왔다. 그러나 해냈다는 성취감과 희열이 더 컸다. 너무 무섭고 힘들었지만 두 번 다시는 못하겠다는 생각 같은 건 전혀 들지 않았다.

그렇게 있는 대로 타고 되는 대로 탔다. 어느새 운전 자체도 익숙해지고 도로 사정에도 익숙해졌다. 짐승 같고 머신 같았는데, 택트가 내 몸에 착 붙는 게 느껴졌다. 시속 10킬로미터도 너무 빠르다고 느껴졌는데 익숙해지니 시속 30킬로미터도 너무 느리게 느껴졌다. 그렇게 익숙해지니 짐승 같은 머신은 자전거만큼 가벼운 바이크가 되었다.

바이크에 익숙해지고서 알게 된 건 비노와 택트는 엔진부터 다른 바이크였다. 택트는 2행정 엔진, 비노는 4행정 엔진이었다. 2행정 엔진은 4행정 엔진에 비해 구조가 간단하고, 구조가 간단한 만큼 원가가 저렴하고 정비도 쉽다. 거친 주행감이 특징이다. 다만 배기가스에 오염 물질이 많아 환경에 좋지 않다. 그래서 산악용 바이크를 제외하고는 요즘엔 거의 사라졌다. 내가 비노 탈 때의 기억만을 가지고 택트에 앉았을 때 느낀 그 야생성은 틀린 것이 아니라 정확한 감각이었던 셈이다!

50cc 스쿠터 택트가 짐승같이 느껴졌던 때를 떠올리면 나 자신이 너무 귀여워서 웃음이 난다. 이 일화를 바이크 타는 사람들에게 들려줘도 막 웃는다. 아득한 초보 시절을 떠올려보면서 '그래, 맞아. 그럴 수도 있지' 하고 공감하는 것일 테다.

그리고 나는 새로운 바이크, 나아가 무엇이건 새로운 것에 두려움이 들 때 짐승 같았던 택트, 그 짐승을 길들인 나를 생각한다. 그러면 두려움이 자신감으로 바뀌곤 한다. 힘을 알고 겸손히 두려워할 줄 아는 것도, 지금 두려워도 결국 극복할 수 있다는 것도 나는 내 첫 바이크 택트 덕분에 깨달았다.

바이크를 타면서 여행도 다시 시작되었다

바이크를 타고 1년에 한 번씩은 정동진을 갔다. 양평, 가평 쪽으로도 자주 갔다. 여러 번 가니 길이 익숙해졌다. 내가 살던 영등포에서부터 동쪽으로 서울을 뚫고 가면 미사리조정경기장이 나온다. 서울이 끝났다는 표지다. 그제야 한숨을 좀 돌릴 수 있다.

팔당대교를 건너며 우회전하면 한강을 눈높이에 두고 달리는 길이 나온다. 이 길을 따라 조금 더 가면 터널이 여러 개 나온다. 암흑과 빛, 암흑과 빛을 몇 번 반복하면 드디어 탁 트인 길이 나오는데 이때 오른쪽으로 고개를 돌려 보면 정말 정말 아름다운 광경이 기다리고 있다. 잔잔하게 펼쳐진 팔당호와 주변으로 우거진 녹음, 저 멀리 점점 옅어지는 산세의 테두리. 수면과 같은 높이에서 강과 함께 나란히 달리는 기분이 묘하다. 그렇게 양평까지 한동안 계속 강을 따라 달린다.

아름다운 풍경은 아무리 봐도 질리지 않는다. 사실 이 길이 지나는 양수리, 남양주, 조안면, 이런 지명은 오래전부터 익숙하다. 고등학생 때부터 촬영을 하러 이곳 세트장에 자주 다녔기 때문이다. 10여 년을 다닌 길이다. 그런 길에서 이제야 이런 아름다움을 발견하다니. 항상 차 뒷자리에 앉아서 대본이나 폰만 보느라 몰랐던 풍경이었다.

내가 좋아하는 길에는 공통점이 있다. 주변에 높은 건물이 없어 시야가 트여 개방감이 느껴지는 곳이다. 이런 길을, 이런 길에서 보는 풍경을 좋아하지 않을 사람이 있을까. 나는 다만 그 길을 바이크를 타고 달리면서 마치 이런 길을 처음 발견한 사람처럼 달리고 또 달려도 좋은 것이다. 그리고 그중에 최고라면 역시 제주도다. 제주는 모든 길이 다 좋다.

내가 바이크를 타기 시작하고 얼마 안 가 친구 하나도 택트를 샀다. 우리는 택트 동지끼리 자주 어울렸다. 하루는 친구네 동네인 인천에 가서 같이 놀다가 누가 먼저 말을 꺼냈는지는 정확히 기억나지 않지만 대충 이런 대화가 오갔다.

"아, 제주도 가고 싶다."

"나도! 갈까?"

"진짜? 갈까?"

"시간 돼?"

"바로 저기 인천항에서 배 타고 가면 되겠네!"

둘 다 마침 며칠간 특별한 일정이 없었다. 마침 또 근처가 인천항이라 마음의 부담도 한층 낮았다. 그렇게 이틀 뒤 우리는 제주로 향했다. 인천항에서 카페리에 바이크를 선적해서 제주도까지 보냈다(그때는 2013년이었고 2014년 4월 16일 세월호 침몰 참사

후로 지금까지 카페리에 바이크 선적이 막혀 있다). 바이크와 함께 배를 타고 가는 게 그림이 더 좋았겠지만 카페리 여객요금이 저가항공 여객요금보다 비싸서 차량만 실어 보내고 우리는 바로 공항으로 넘어가 저녁 비행기를 탔다. 배는 다음 날 아침 제주항에 도착했고 우리는 바이크를 받자마자 곧장 해안도로를 달렸다.

바이크를 타기 시작한 지 겨우 두 달 만에 나는 바이크로 여행을 하고 있었다. 탁 트인 바다를 바로 곁에 두고 해안도로를 달리기 시작했을 때, 너무 벅차 죽어도 여한이 없다는 게 이런 기분이겠구나 싶었다.

옥빛 바다가 펼쳐져 있고 바람은 시원하고 햇빛은 따뜻했다. 바다 빛깔이 어쩜 그렇게 예쁘고 맑은지. 검은 현무암은 옥빛 바다, 파란 하늘과 아름답게 어우러졌다. 길가의 돌담과 푸른 풀밭, 거기서 풀을 뜯고 있는 말들까지 모든 게 황홀하게 아름다웠다. 그동안 본 모든 아름다운 사진, 그림, 영화를 합친 것만큼이나 아름다웠다.

나는 달리다가 바로 바다에 뛰어들 요량으로 수영복 위에 얇은 흰 셔츠 하나를 걸치고 해안도로를 달렸는데 그러다 해수욕장을 발견하고는 해안가에 대충 바이크를 세워놓고 신발과 셔츠를 벗어 던지고 그대로 바다에 뛰어들었다. 신나게 수영을 하고 나와서는 다시 셔츠를 몸에 걸치고 바이크에 올라 또 달렸다.

마침 그 바로 며칠 전에 영화제에 참석하러 오스트레일리아에 다녀왔었다. 그곳 자연 환경과 기후에 반해 거기 가서 살고 싶다는 소망이 가득 차 있었는데, 그 순간의 나는 그 어디도 부럽지 않았다. 너무나도 자유롭고, 즐겁고, 시원했다. 바이크로 달리는 동안 바람에 젖은 몸이 마르면 다음 만난 해수욕장에서 또 수영을 했다.

친구와 나는 둘 다 프리랜서 예술가라 한가로운 여행을 갈 만큼 주머니 사정이 넉넉치 않았다. 바이크로 여행하면 비용을 좀 아낄 수 있었다. 우리 여행에서 비용이 제일 많이 든 건 바이크 선적비였고 (예상보다 비싸서 조금 당황했다) 그 외에는 거의 돈이 들지 않았다고 할 수 있다. 1박에 만 원 좀 넘는 게스트하우스에서 자고 일어나면 바로 길을 나섰다. 바이크로 달리다 중간중간 밥을 먹었다. 하루 종일 돌아다녀도 기름 값은 몇 천 원이었다. 밥값과 기름 값은 어차피 평소에도 비슷하게 나가는 돈이니 여행이라고 더 드는 건 선적비를 빼면 숙박비 정도였다.

바이크가 없었다면 그렇게 쉽게 여행을 떠날 생각도 실행도 하지 못했을 것 같다. 그렇게 여행을 떠날 수 있다는 자유로움은 어디를 가도 다 해낼 것 같은 자신감으로 이어졌다. 가고 싶은 곳이라면 어디든 갈 수 있고 멀리까지도 자유롭게 다닐 수 있다는 힘에서 오는 자신감.

　　제주로 첫 바이크 여행을 다녀온 지 한 달 만에 또 제주에 갈 일이 생겼다. 이번에는 촬영을 하러, 일하러 간지라 바이크 없이 비행기를 타고 갔다. 그런데 촬영 현장에서 아주 멋들어진 올드 베스파를 타는 동지를 만났다. 나를 담당한 연출부였는데 바이크 때문만은 아니었지만 금세 마음이 통해 친해졌다. 촬영을 마치고서 바이크를 빌리고 체류 기간도 늘리기로 했다. 마침 제주에는 바이크 렌털 업체가 많아 바이크를 쉽게 빌릴 수 있었다. 올드 베스파 친구와 함께 바이크를 타고 돌아다니며 깨알같이 제주를 더 즐기고서 돌아왔다. 그 친구와는 짧은 단편 현장에서 일로 만나 아직까지 친하게 지내는 사이가 됐다. 그렇게 한두 번 다녀보니 제주행이 아주 쉬워졌다. 바이크는 가서 빌리면 되니 더욱 간편했다. 심지어 바이크 렌털숍에서는 공항으로 픽업도 나와줬다. 이 얼마나 편리한지.

아주 제대로 맛이 들렸다. 한두 달에 한 번씩 제주도에 갔다. 사진첩을 뒤져보니 처음 여행을 간 게 9월 초였고 10월 초중순, 이듬해 1월 말, 3월 초중순에 제주에 갔더라. 그 기간에 각종 장단편 영화 촬영에 이사까지 있었으니 말 그대로 틈만 나면 제주에 간 셈이었다.

그때로부터 한참 지난 후 제주에서 한 달 살기를 하고 있을 때 친구 씽씽이 헬멧을 들고 제주에 놀러 온 적이 있다. 바이크를 타고 밥을 먹으러 갔다가 다음 행선지로 이동하려는데 바람이 거세게 불었다. 내 바이크는 휘청휘청 대면서 도로 밖으로 밀려날 뻔하기를 반복했다. 그런 나를 바로 뒤에서 목도한 씽씽은 바람이 잦아들길 기다렸다가 가는 게 어떻겠냐고 여러 차례 물었다. 나는 마땅히 바람 피할 곳도 없는 허허벌판 시골길 한가운데 서서 강풍을 고스란히 맞으며 잦아들기만을 기다리느니 그냥 참고 가겠다고 했다.

겨우겨우 목적지에 도착해 한숨을 돌렸지만 내 뒤에서 위험천만한 광경을 생생히 목격한 다른 친구들은 집에 돌아갈 걱정이 한가득이었다. 나 역시 이 강풍을 맞으며 집까지 운전해서 갈 생각을 하니 울고 싶은 심정이었다. 차라리 바이크를 여기 세워두고 갈까, 용달을 부를까, 지나가는 트럭에 좀 실어달라고 해볼까, 별별 생각을 다 했다. 시시각각 날씨를 확인하며 풍속을 살피다가 바람 소리가 조금 잦아드는 것 같아 얼른 짐을 챙겨서 나섰다.

겨우 집까지 무사히 도착은 했는데 너무 힘들었던 나머지 우리는 집에 와서도 계속 풍속만 살폈다. 다음 날은 바람이 더 거셀 거라 했다. 이대로는 도저히 바이크로 여행을 할 수가 없겠다는 판단이 들었다. 그렇다고 여행을 아예 안 할 수는 없으니 아쉽지만 공유차를 빌리기로 했다. 기껏 헬멧을 들고 온 씽씽에게 미안했다.

사륜차는 과연 편했다. 어제까지 그 고생을 해서인지 사륜차의 안락함이 평소보다도 더 기꺼웠다. 사륜차는 날씨의 영향을 덜 받으니 바이크를 탈 때보다 옷도 좀 더 가볍게 입을 수 있었다. 헬멧에 머리카락이 보기 싫게 눌리지도 않았다. 요즘 공유차에는 와이파이도 제공되더라. 자동차 뒷자리에 푹 눌러앉아 트위터를 했다.

이다지도 편리하고 안락한데, 어딘가 허전했다. 평소보다 즐겁지 않았다. 매일 다니며 보던 도로와 길가 풍경이 하나도 눈에 들어오지 않았다. 시원한 바람, 저 멀리 보이는 먹빛 바다, 한라산의 독특

하고도 아름다운 봉우리 모양, 길가에 열린 하귤의 싱그럽고 경이로운 광경, 높게 뻗은 야자나무의 이국적인 분위기, 이 모든 게 순식간에 관심 밖으로 밀려난 느낌이었다.

어디선가 들은 말이 떠올랐다. 바이크 여행은 내가 그 풍경 속에 들어가 있는 것 같은 매력이 있다는 말. 또 누군가는 바이크 여행은 점에서 점이 아니라 선으로 이어지는 여행이라고 했다.

바이크를 타고 부산국제영화제에 갔을 때 했던 인터뷰가 생각난다. 바이크로 부산까지 몇 시간이 걸렸는지 묻길래 열 시간 정도 걸렸다고 대답했다. 그랬더니 열 시간이나 걸리면 지루하거나 힘들지 않냐고 물었다. 나는 머리를 한 대 맞은 것 같은 깨달음을 얻었다. 나는 한 번도 바이크 여행을 그런 식으로 생각해본 적이 없었다.

바이크 여행은 달리는 시간이 내내 여행의 과정이다. 목적지에 도착하기까지 열 시간을 견디는 것이 아니다. 열 시간 동안 여행을 즐기는 것이다. 여행지까지의 길, 모든 순간이 여행이다. 그것이 바이크 여행의 특별한 매력 그리고 내가 바이크를 사랑하는 이유다.

바이크를 서울에서 부산까지 몰고 와 영화제에

참석한 '여배우'. 그게 그렇게까지 특별한 일이 될 줄이야. 바이크로 부산국제영화제에 가야겠다고 생각하게 된 건 내겐 지극히 자연스러운 일이었다.

처음 바이크를 타기 시작하면서 일상생활의 반경이 넓어진 것이 놀라웠다. 바이크에 앉아 스로틀을 당기고 그냥 쭉 나아가면 어디라도 갈 수 있었다. 자연스레 육로로 이어진 곳이라면 이걸로 어디든지 다 갈 수 있지 않을까 하는 생각이 들었다. 면허를 딴 지 한 달이 채 안 되었을 때였다.

매년 여름, 8월 첫째 주 주말에는 정동진독립영화제가 열린다. 나는 그동안 몇 년째 정동진영화제에서 개막식 사회를 맡아 이곳을 찾았고, 이번에는 택트를 타고 정동진까지 가고 싶어졌다. 그때는 주변에 바이크를 아는 사람이 아무도 없었고 바이크 커뮤니티만이 내 상담소였는데 커뮤니티의 여러 의견을 듣고 고민하다 결국 포기해야 했다.

다음 해 정동진영화제가 돌아왔을 때는 그사이 바이크 여행의 경험이 쌓였고 바이크도 시티100으로 바뀌어 있었다. 당연하고 자연스럽게 바이크로 정동진에 갔다. 그리고 얼마 후에는 전국 여행을 떠나면서 여정 중간에 부산국제영화제에 들러 일정을 소화했다. 이쯤 되니 바이크로 못 갈 곳이 없었다.

그다음 해에는 그래서 혼자서 바이크를 타고 부산국
제영화제에 간 것이었다.

바이크를 타고 친구들과 함께 여행하듯 가니
영화제 방문도 더 가벼워졌다. 아무래도 배우로서
초청 받아 매니저와 함께 참석하다 보니 영화제가
격식 있고 무겁게 느껴졌는데 가볍게 방문하니 가
뿐한 마음으로 즐길 수 있었다. 그게 내 성향과도 더
잘 맞았다. 자유롭고 즐거웠다.

배우라는 직업은 사람을 좀 가두는 면이 있다.
뭇사람의 주목을 받는 직업이다 보니 매니저나 관계
자 들도 배우를 보호하려고 사람들로부터 분리시킨
다. 배우에게 분명 필요한 부분이지만 그러다 보면
생활이 폐쇄적으로 갇히게 된다.

영화제에 참석해서도 매니저의 보호 아래에서
만 움직이다 보면 자유도나 즐거움이 떨어지게 마련
이다. 이동할 때도 영화제에서 제공해주는 의전 차
량(공식 일정이 있을 때만 제공된다) 아니면 택시인데,
택시는 돈이 많이 들고 차가 막히면 답답해서 잘 안
타게 된다. 그러다 보면 아예 잘 돌아다니지 않게 된
다. 내가 그동안 영화제에 와서 잘 안 돌아다녔다는
것도 바이크를 타고 영화제에 참석하고서야 깨닫게
되었다.

바이크를 타고 오고서야 여기저기를 돌아다니며 구경도 하고 사람도 만나고 맛있는 것도 먹으러 다니게 됐다. 영화제에 가는 것이 더 즐거워졌다. 이 변화가 좋았다.

영화제에 바이크를 타고 가면 좋은 것이 또 있다. 이것이 가장 강력한 장점이기도 하다. 영화제는 여러 극장에서 상영한다. 대학교에서 강의실을 옮겨 다니는 것과 비슷하다. 이번 영화가 끝나면 다음 영화를 보러 다른 극장으로 가는 경우가 많고, 중간에 식사도 해야 한다. 바이크를 타면 이동이 간편하고 맛집도 갈 수 있는 여유가 생긴다. 그래서 영화제에 바이크를 타고 가는 것을 포기 못한다.

나는 수영을 좋아한다. 중력을 벗어나 물에 둥둥 떠 있는 기분이 좋고 물이 살에 닿는 느낌도 좋다. 또 유영할 때 시원하게 물살을 가르는 느낌도 좋아한다. 발장구를 치고 손으로 물살을 가르면 하늘을 나는 것처럼 기분 좋게 앞으로 나아간다. 물속에선 물고기가 된 양 몸을 자유롭게 둥글릴 수도 있고 뱅글뱅글 돌 수도 있다. 중력이 당기는 땅 위에선 느낄 수 없는 감각이다.

바이크를 타고 있으면 수영하는 것과 비슷하다

는 느낌이 들 때가 많다. 물살을 가르듯 바람을 가르는 기분. 중력이 잡아당기는 땅으로부터 벗어나 날아가는 듯한 기분. 중력에서 벗어나 자유로운 기분을 만끽할 수 있는 몇 안 되는 행위가 내가 경험한 것 중에선 수영 그리고 바이크다.

특히 봄이나 가을처럼 포근한 계절에 바이크로 여행하면 행복감이 폭발해 지구를 뚫고 나갈 것만 같다. 나는 포근한 계절에 햇살 드는 카페에 앉아 날씨 즐기는 것을 좋아한다. 공원 같은 곳에 가서 피크닉하는 것 또한 좋다. 그런 계절에 바이크를 타고 달리면 카페에 앉아 날씨를 즐기는 것과 비슷한 행복감이 들면서도 그보다 훨씬 큰 아드레날린이 솟구친다. 날씨에 어울리는 음악까지 곁들이면 그야말로 금상첨화다.

온몸이 노출되는 바이크는 계절의 공기를 한껏느낄 수 있다. 코로뿐만이 아니라 피부에 닿는 공기로도, 옷을 기분 좋게 살랑이는 바람으로도 계절을 느낄 수가 있다. 그러면 나는 크게 들떠 뭐라도 하고 싶고 어디라도 가고 싶어 견딜 수 없어진다. 여행 생각이 절로 나는 것이다.

가끔 뒷자리에 동승을 하게 될 때도 있다. 그런데 '운전'을 하는 것과 '바이크를 타는 것'은 조금

다르다. 동승을 하면 운전자보다 시선이 자유롭기 때문에 풍경을 실컷 구경할 수 있다. 동승하는 것도 재밌고 편해서 좋다는 친구들도 있다. 운전과 별개로 순수하게 바이크 타는 것이 즐거운 것이다.

　　그러나 나는 이내 운전이 그리워진다. 나는 바이크 타는 것 자체도 좋지만 운전이 너무 재밌다. 내 손으로 스로틀을 감는 만큼 공기를 가르며 날아가는 감각을 느끼고 싶다. 도로를 시원하게 달릴수록 내가 직접 운전하는 그 감각을 느끼고 싶다는 마음이 요동친다.

캠핑을 좋아하세요

가을부터 제주에 들락거리다 어느새 겨울이 끝나고 봄에 이르렀고 벚꽃이 필 무렵, 지우를 만났다. 그 사이 내 바이크는 6개월 만에 택트에서 좀 더 속도가 나는 시티100으로 바뀌었다. 지우는 바이크 만화 〈로딩〉을 그린 만화가다. 〈로딩〉을 재밌게 본 나는 SNS로 지우와 연이 닿아 이야기를 주고받게 되었고 마음이 잘 통해서 금세 가까운 사이가 되었다. 지우도 캠핑과 여행을 좋아한다고 했다. 〈로딩〉이 바이크를 타고 캠핑을 하며 여행을 다니는 이야기라 그럴 거라 예상하긴 했는데 역시.

그런데 지우도 캠핑이나 여행을 안 간 지 꽤 오래됐다고 했다. 심지어 바이크를 안 탄 지도 몇 달 됐다고 했다. 실망감이 좀 들긴 했다. 아니, 〈로딩〉의 작가가 바이크를 안 탄다니! 더 이해하기 어려웠던 것은 어떻게 바이크를 타는 것을 '멈출 수' 있느냐는 것이었다. 바이크 맛을 알아버린 상태에서 그게 가능한가요?

당장에 여행 계획을 세우고 싶었으나 나는 곧 촬영을 하러 해외로 떠나 봄이 다 지나 여름에 막 들어설 때가 돼서야 돌아왔다. 그리고 얼마 후 드디어 함께 캠핑을 떠날 좋은 핑곗거리와 기회가 생겼다. 지우가 안성으로 1박 2일 워크숍을 간다고 했다.

"안성까지는 뭘 타고 갈 거야?"

"그냥 친구들 차에 얻어 타고 갔다 올까? 바이크를 타고 가고 싶기도 한데."

"그럼 바이크를 타고 가고 그 김에 나랑 같이 바이크 여행을 하면 어때?"

지우가 바이크를 타고 워크숍에 가면 내가 이튿날 안성으로 가서 거기서부터 함께 대전에 있는 캠핑장까지 가 1박을 하고 돌아오기로 했다.

우리의 첫 캠핑은 많이 미흡했다. 나도 지우도 오래전에 캠핑을 했을 땐 매트 같은 건 써본 적도 없었고 자갈밭에서도 아무렇지 않게 잤었기에 바닥이 평편한 평범한 캠핑장이라면 침대 없이 방바닥에서 자는 정도겠거니 아주 우습게 생각했다. 그래서 급하게 텐트만 하나 사고 지우한테 있던 침낭 하나 들고 떠난 건데, 자고 일어나자마자 우리는 누가 먼저랄 것도 없이 말했다. "안 되겠다." 우리는 바로 매트를 주문했다. 둘 다 꽤 오랜만에 캠핑을 하는데 우리가 더 이상 20대가 아니라는 사실을 간과했다. 아무리 여름이라도 차고 딱딱한 바닥에서 자고 일어나니 온몸이 뻐근했다.

우리는 둘 다 큰 그림을 그려놓고 그 안에서 즉흥적인 디테일을 찾는 여행을 좋아했다. 바이크를 타니 그런 우리 스타일대로 여행하기에 좋았고 합도 잘 맞았다. 1박 2일 짧은 여행이었지만 우리는 알 수 있었다. 이제 본격적으로 우리의 모토캠핑 라이프가 시작될 것임을.

첫 번째 캠핑은 두 번째 캠핑은 바로 이어졌다. 이번에는 지우와 함께 바이크를 타고 정동진으로 향했다. 영화제 사회자에게는 숙소가 제공이 되는 터라 캠핑을 하지 않아도 되었지만 바이크로 가는 정동진은 처음이기도 했고 오래 걸리면 여덟 시간도 넘게 걸리기도 해서 중간에 야영을 하고 이틀에 걸쳐 이동하기로 했다.

투어 중간의 야영은 여유롭게 경치를 즐길 수 있는 캠핑은 아니었다. 밤늦은 시간, 적당한 곳에 텐트를 치고 잠만 자고 일어나는, 그냥 숙박비를 아낄 수 있는 간편한 숙소에 불과했다. 그런 캠핑조차 좋았다. 내가 캠핑을 좋아하는 이유 중에는 자연을 가까이서 즐길 수 있다는 점도 있지만 간편하게 내 쉘터(shelter)를 내가 직접 설치하고 그 안에 아늑하게 누워 잘 수 있다는 점도 있다. 쉴 공간을 스스로 뚝딱뚝딱 만든다는 점이 소꿉놀이 같기도 하고, 내 의식주를 스스로 해결할 수 있다는 것이 안도감과 안정감을 주기도 한다. 〈로딩〉을 좋아하는 이유도 내가 생각하는 모토캠핑의 매력이 여실히 보이는 작품이기 때문이다. 돈 없이도 바이크에 텐트 하나만 싣고 어디든 갈 수 있고 어디서든 잠을 잘 수 있는 게 모토캠핑이다. 바이크와 텐트만 있으면 뭐든지 할 수 있을 것 같은 자신감이 든다.

일리 있는 얘기라고 생각하는 게, 소년원에서 가르치는 여러 프로그램 중에서 제빵을 배운 재소자들의 재범률이 가장 낮다는 기사를 본 적이 있다. 그 이유로는 여러 가지가 있는데 그중에서도 빵을 직접 만드는 경험이 결식의 공포를 해소해준다는 것이 있었다. 빵을 굽는 행위, 그동안 맡는 음식 냄새가 마음을 풍족하게 해주고 굶을 걱정이 없다는 위안을 준다고 했다. 모토캠핑을 하면서 얻게 되는 안도감, 자신감에 대해서 영국 어느 대학에서 연구할 법도 한데. 이미 있으려나?

동생 휘가 군대에 있을 때도 면회를 하러 혼자 바이크를 타고 갔다. 〈로딩〉의 주인공 바이크 CG125를 탈 때였다. 최대한 오래, 면회 시작 시간부터 끝나는 시간까지 같이 있을 생각이었다. 그러면 거의 해 질 녘에 부대에서 나오게 되는데 내 CG는 전장류(전기, 전자로 제어되는 각종 장치)가 약해서 어두운 국도를 달리기엔 위험했다. 그래서 텐트를 들고 가서 면회가 끝나고 근처에서 하루 자고 올라가기로 했다(이 글을 쓰면서 이제야 깨달은 건데, 캠핑을 하지 않고 숙소를 잡는다는 선택지는 내게 애초에 없었다). CG에 텐트를 싣고 국도를 달리니 〈로딩〉 생각이 안 날 수가 없었다. 이미 나는 〈로딩〉의 주인공이었다. 1박이지만 혼자서 모토캠핑을 한 것은 처음이었다. 물론 계획할 때부터 캠핑을 하는 순간까지도 범죄의 표적이 될 수 있다는 공포로 두려웠다. 내가 남자였다면 이미 〈로딩〉의 주인공처럼 혼자서 텐트 하나 싣고 전국을 다니며 자유롭게 여행했을 텐데, 내 공포심은 텐트를 걷고서야 함께 걷혔다.

그렇게 몇 번 캠핑을 겪고서 '본격 캠핑 여행'을 할 때가 왔다. 지우와 나는 모토캠핑 전국 여행을 떠났다(우리의 전국 여행의 자세한 이야기는 이지우 작가의 웹툰 〈100cc〉에서 볼 수 있다). 우리 여행의 일정 중간에는 부산국제영화제 행사 기간이 걸쳐 있었다.

나는 그해에 〈거짓말〉이라는 작품으로 부산국제영화제에 참석해야 했는데, 어차피 부산도 지나갈 예정이었으니 마침 잘됐다 싶어 여행 중간에 부산에서 영화제 일정을 며칠 소화했다. 정동진에 이어 부산까지. 바이크로 영화제를 방문하는 것이 잦아지고 어느새 당연한 일이 되어 거의 매년 정동진독립영화

제, 부산국제영화제, 전주국제영화제 등을 바이크로
방문했다.

그러다 보니 1년이 짧아졌다. 매년 정해진 루틴
이 생긴 것이다. 봄에는 '흙먼지 레이스'라는 바이
크 커뮤니티 행사를 시작으로 전주국제영화제(두 행
사의 일정이 밭을 땐 두 행사를 연달아 가기도 했다), 여
름엔 정동진독립영화제, 가을엔 부산국제영화제를
갔다. 사이사이에는 친구들과 엠티도 가고, 거의 매
년 가을마다 제주도로 여행을 갔다. 겨울에는 또 혹
한기 캠핑을 갔다. 처음 몇 번은 전기 없이 '생으로'
다니다가 전기장판을 장착해보니 생각보다 할 만해
서 그때부터는 적어도 격주로 한겨울에도 혹한기 캠
핑을 갔다. 모기 많고 더운 여름보다 겨울 캠핑이 오
히려 나은 것 같았다.

봄이면 또 봄이라고 날 풀렸다고 신나서 쏘다
니고, 그러다 보면 또 다시 흙먼지 레이스 날짜가 다
가오고, 전주영화제가 다가오고, 그 사이사이에는
DMZ 피스트레인 뮤직 페스티벌, 레인보우 뮤직&
캠핑 페스티벌… 자꾸만 재밌는 행사들이 더 채워졌
다. 바이크 타고 놀러만 다녀도 1년이 금세 갔다. 바
이크를 타기 전에는 여행을 1년에 한 번 갈까 말까
했는데 이토록 여행으로 가득 찬 삶이 된 것이다(배

우는 원래 쉬는 날이 많다).

바이크로 라이딩하는 동안에는 블루투스 헤드셋이 아주 쓸모가 있다. 헬멧 안 귀쪽에 스피커를 장착하고 입 부분에 마이크를 달아 듣고 말할 수 있다. 덕분에 라이딩의 차원이 한 단계 더 올라갔다. 이건 정말 신세계였다. 헤드셋이 있는 세계는 겪어보기 전엔 모르지만 한번 겪어보고 나면 그전으로 돌아갈 수 없다.

우선 라이딩에 배경음악이 깔린다. 음악의 즐거움을 아는 사람이라면 적재적소한 음악이 얼마나 무드를 증폭시켜주는지 공감할 것이다. 내비게이션 음성 안내도 들을 수 있고 전화도 걸거나 받을 수 있다. 무엇보다 인터콤을 헤드셋 기능 중 최고로 꼽고 싶다. 블루투스 통신으로 가까이 있는 사람과 연결해 대화를 나누며 라이딩을 할 수 있다. 서로 농담도 하고 감상을 나눌 수 있으니 즐거움도 배가된다.

지우와 나는 함께 투어를 다니며 표지판에 써 있는 지명 등을 가지고 일차원적인 농담하기를 좋아한다. 무슨 삼거리라는 표지판을 보면 누가 먼저랄 것도 없이 동시에 〈천안삼거리〉 노래를 부른다. SNS에서 유명한 '인제/신남' 표지판을 직접 보면 "인제, 신남!" 하고 외친다. 강화도에 있는 불은면을 발견하고선 시답잖은 농담을 주고받는다.

"헉! 면이 불으면 안 돼! 맛없어!"

"저기선 면 요리 사 먹으면 안 되겠다."

강화도에는 내가면도 있다. 그럼 '1루수가 누구야' 같은 농담 따먹기를 한다.

"어디야?"

"내가."

"네가 어디?"

"내가!"

"그래! 네가 어디냐고!"

제주도 서귀포에는 위미리, 의귀리가 있는데 서로 가까워서 두 지명이 한 표지판에 써 있는 경우가 많다. 그걸 보면 꼭 해야 하는 말장난이 있다.

"위~미!"(전라도 욕 같은 억양으로 해야 한다).

"의귀의귀~"(으이구으이구처럼 해야 한다).

날씨나 계절, 풍경에 관한 노래도 많이 부른다. 하늘이 유난히 파랄 때는 "파란 하늘 파란 하늘 꿈이 드리운 푸른 언덕에", 빨갛게 노랗게 물든 단풍을 보면 "빨갛게 빨갛게 물들었네 노랗게 노랗게 물들었네" "가을이라 가을 바람 솔솔 불어오니~" 같은 노래들이 절로 흘러나온다. 5월에는 "5월은 푸르구나~ 우리들은 자라안다~", 논밭의 자라는 곡식을 보면서는 "밀과 보리가 자란다 밀과 보리가 자란다 밀과 보리가 자라는 건 누구든지 알지요!"…. 온갖 일차원적인 가사들이 떠오른다. 그러다 보니 자연스럽게 동요를 많이 부르게 된다.

글로 쓰고 보니 내가 봐도 좀 유치해 보이고 이게 뭐가 재밌나 싶은 마음이 살짝 들기는 한다. 같은 풍경을 함께 바라보고 햇살과 바람을 함께 느끼며 누구나 아는 노래를 다같이 부르는 순간의 즐거움은 직접 느껴봐야 알 수 있다. 온몸으로 계절과 날씨를 느껴야 나오는 흥이다. 온몸으로 풍경을 달리면 저절로 떠오르는 가사다. 그것도 각각 스스로 운전하는 운전자이기에 함께 같은 것을 보고 같은 것을 느낄 수 있다.

이렇게나 여행을 좋아하는데 그동안 어떻게 살았을까. 바이크를 통해 내가 좋아하는 것들을 마음껏 할 수 있게 되면서 진짜 나를 되찾아간다는 느낌이 들었다. 여행을 다닐수록 내가 얼마나 여행을 좋아하는 사람이었는지 잊었던 감정들이 떠올랐다. 세상을 따라 살아가다 보면 자기 자신을 잃어버리기가 쉬운 것 같다. 내가 뭔갈 잃어버리고 있다는 자각조차 하지 못한 채. 그러다 운이 좋으면 내가 놓치고 있는 것을 깨닫는 순간이 오기도 한다. 나는 바이크를 타면서 그런 전환점을 만났다.

모토캠핑이 너무 좋아서 영화도 만들었다. 나는 연기를 하는 배우지만 내가 직접 영화를 만들고 싶다는 생각은 오래전부터 해왔다. 초등학생 때부터 소설 쓰는 것을 좋아했고, 희곡도 썼다. 중학생 때는 시도 썼다. 항상 창작에 관심이 많았다. 대학생 때 시나리오를 쓰기도 했는데 영화로 옮기진 못했다. 영화과였다면 학과 내에서 실행하기가 수월했을 것 같은데 나는 아쉽게도 연극과였다.

그렇게 영화를 만들고 싶다는 마음을 한참 묻어두고 있었는데 기회가 찾아왔다. 10분짜리 단편영화를 만드는 프로젝트였다. 준비된 건 아무것도 없었다. 그래도 이 기회를 놓치면 언제 영화를 만들어보겠나 싶어 수락했다. 그리고 무슨 이야기를 할지 고민을 시작했다. 짧은 시간 안에 각본을 쓰고 준비해서 촬영을 해야 했다. 섣불리 주제를 잡았다간 망할 것 같았다. 내가 가장 잘 아는 이야기를 하자고 생각하고 주제를 잡기 시작했다.

바이크 이야기를 하고 싶었다. 이 책을 쓴 이유와 비슷했다. 보통의 사람들이 가진 바이크에 대한 인식을 벗기고 싶었다. 특히 바이크 타는 여자의 이야기를 특별하지 않게, 자연스럽게 그리고 싶었다.

보는 사람들이 바이크 타는 즐거움을 조금이라도 간접 경험, 대리만족할 수 있도록 영상으로 표현하고 싶었다. 바이크를 타고 아름다운 제주의 해안도로를 달리는 것이 얼마나 행복한 일인지 보여주고 싶었다. 내가 좋아하는 캠핑, 특히 제주에서 하는 캠핑의 아름다움을 보여주고 싶었다.

그렇게 바이크와 캠핑을 소재로 16분짜리 영화 〈캠핑을 좋아하세요〉를 만들었다. 좋아하고 잘 아는 이야기라 만드는 동안에도 너무 재밌었다. 각본, 감독뿐 아니라 직접 주연을 맡고 노래도 했다. 옆 동네 사는 요조(『아무튼, 떡볶이』의 저자) 님이 상대역으로 출연하고, 음악도 맡아주셨다. 엔딩곡 가사는 요조 님 도움을 받아 내가 직접 썼다. 내가 만들었지만 이 영화가 참 재밌고 좋다.

여러분, 캠핑을 좋아하세요.

어른의 상징

바이크를 타기 시작한 초반에 어른이 된 것 같은 새삼스러운 기분이 든 순간이 몇 있다. 이미 성인이 되고도 한참 지난 나이였는데도 좀처럼 스스로 어른이라는 느낌을 가져본 적이 없었다. 나뿐 아니라 우리 세대가 대체로 그렇지 않나 싶다.

내 머릿속에 자리잡은 '어른'이라는 막연한 이미지는 집도 있고 차도 있고 큰돈도 쓸 줄 아는 그런 사람이다. 그리고 나는 바이크를 사기 전인 스물아홉까지 큰돈도 쓸 줄 모르고, 써본 적도 없고, 당연히 집도 없고 차도 없는 성인이었다.

바이크를 타고 나서 처음으로 내가 어른이 된 것 같은 기분을 느낀 건 바로 주유소에 가서 기름을 넣을 때였다. 주유는 그야말로 차를 가진 어른만 할 수 있는 고유한 행위 아닌가. 어른이 아니었는데 '야 이제 어른이 되었다' 하는 기분이 아니라 '오! 나 방금 좀 어른 같았는데?' 하는, 내 머릿속 어른이라는 이미지에 부합하는 순간이었다.

물론 환상과 현실은 달랐다. 요즘엔 셀프주유소가 많아져서 직접 주유기를 들고 주유를 하는 경우가 많아졌다. 셀프주유라고 하면 할리우드 배우가 멋있게 한 손으로 주유기를 들고 주유하는 파파라치 컷이나 영화 속 장면들이 떠올랐다. 나도 멋있게 한 손으로 주유하고 한 손은 '무심한 듯 시크하게' 허리에 받친다든지 머리를 쓸어올린다든지 해야지.

신용카드를 꽂고 주유기를 들어올린 순간 내 상상은 와장창 무너졌다. 주유기는 생각보다 무거웠고 불편했다. 그러니까 이게, 무게만의 문제는 아니고 주유관이 생각보다 굵고 억세서 부드럽게 움직여주지 않았다. 나는 무슨 샤워기 호스 정도로 예상했던 것 같다.

그리고 여러 번 주유를 하면서 생각해본 건데 이건 아무래도 신장과도 큰 연관이 있다. 바이크에 따라 다르지만 나는 보통 어깨를 들고 윗팔까지 움직이며 폼 안나게 주유를 할 수밖에 없다. 팔을 높이 들면 힘도 더 든다.

기름 한 방울이라도 흘릴까 봐 노심초사도 해야 한다. 그러니까 또 이건 신장과도 연관이 있지만 기름 몇 방울 정도는 흘려도 개의치 않을 수 있는 대범함과도 어느 정도 연관이 있을 것이다. 미국 영화의 주인공은 무슨. 환상은 다 깨졌다.

친구 커플이랑 다같이 바이크를 타고 캠핑을 갔을 때도 '오 이거 되게 어른 같아' 하는 기분을 느꼈다. 10대나 20대 초반일 때 주변 언니 오빠 들이 친구끼리 커플끼리 차를 끌고 먼 지방으로 여행 가는 걸 보면 '아, 어른이란 저런 거구나' 하고 느꼈었는데 내가 그걸 하고 있다니 신기했다.

일단 차가 있다는 건 경제력이 있다는 뜻이다. 그리고 1박 이상 일정으로 여행을 가려면 숙박비며 기름 값이며 식비며, 아무리 아껴도 돈이 들 수밖에 없다. 또 멀리 여행을 간다는 건 '어른답게' 아는 게 많다는 얘기이기도 하다. 어딜 가면 뭐가 있고, 어느 지역에 가면 뭐가 맛있기로 유명하고, 또 뭘 하면 재밌게 놀 수 있는지 등을 알아야 여행도 하는 법이다.

친구 커플끼리 친하게 지낸다는 점 역시 어딘가 어른스럽게 느껴진다. 그것도 생각해보면 아마 어릴 때 보았던, 양육자 커플끼리 서로 친하게 지내며 가족 동반 모임이나 여행을 하는 것이 연상되기 때문이 아닐까?

돈도 돈이고 정보도 정보지만 '같이' 여행을 간다는 점만으로도 어른의 상징 같았다. 어릴 땐 커플이 같이 여행을 간다는 것부터가 굉장히 과감한 어른스러운 행동이었다. 요즘 10대, 20대는 어떤지 모르겠다. 우리 때보다는 더 개방적이지 않을까 싶은데 내가 10대, 20대일 때만 해도 연애나 성에 대해 보수적이었고 금기시하는 분위기였다. '둘이 몰래 다녀오는 것도 부끄럽고 그래서 쉬쉬하는데 대

놓고 넷이서 같이 여행을 간다고? 너무나도 어른 같아! 대단해! 멋있어!'

비슷하게 음주운전 단속 측정을 (당)할 때도 묘한 쾌감을 느꼈다. 음주 측정을 받으려면 운전자여야 하는데, 운전도 음주도 어른의 것이라고 여겨지니까!

그러고 보니 원동기면허는 10대에도 취득할 수 있는데, 그러면 청소년이어도 음주 측정을 받을까? 청소년이 음주 단속에 걸린다면 어떻게 될까? 청소년의 음주에 대한 처벌은 판매하거나 제공한 성인에게만 가해진다. 음주는 했지만 혈중알코올 농도가 처벌 기준 미만이면 훈방하는데, 술을 마시기는 마신 거니 어디서 술을 구했는지 조사해 업주를 처벌할까? 아무튼 내가 10대의 바이크 운전자이고 음주 측정을 받게 된다면 기분이 꽤 묘할 것 같다.

그런데 바이크 운전자는 음주 측정을 하지 않고 그냥 보내는 경우가 있다. 요즘이야 귀찮은데 잘됐다 싶지만 바이크를 몰던 초반에는 괜히 섭섭했다. 스무 살이 되었을 때 당당하게 '민증'을 들고 술집에 가서 술을 마시려는데 신분증 검사를 안 하면 괜히 서운했던 것처럼.

어른이 된다는 건 무엇보다 돈을 벌고 쓰는 일

에 책임을 진다는 것이다. 나는 워낙 씀씀이가 작은 편이었다. 나는 고등학생 때부터 영화 일을 했기 때문에 벌이가 있었고 또래 친구들에 비해 돈이 있으면 있었지 없는 편은 아니었다. 하지만 돈을 쓸 줄을 몰랐다. 돈 쓰는 게 무서웠다. 스무 살에 자전거를 도둑맞았을 때도 자전거 살 돈이 진짜 없었다기보다 내가 그런 큰돈을 써서 자전거를 살 수 있는가, 사도 되는가 두려워서 쓰지 못한 것에 더 가깝다. 그런 큰 돈을 쓰는 결정을 내리는 게 두려웠던 것 같다. 큰 결정을 내리는 건 어른들이나 할 수 있는 일 같았다.

그러니 처음에는 15만 원짜리 텍트를 사는 것도 꽤 용기가 필요한 큰 소비였다. 그렇게 '15만 원이면 자전거보다 싸니까!' 하며 샀지만 막상 사고 보니 그 외에 돈 들어갈 일이 많았다. 보험료도 예상하지 못했고, 헬멧과 장갑 등 보호장구도 필요했다. 5만 원짜리 장갑을 사는 것도, 7만 원짜리 헬멧을 사는 것도 부담이었다. 그런데 바이크를 타면서 자꾸 돈 쓸 일이 생기고, 써 버릇하다 보니 어느새 5만 원, 7만 원 쓰는 것이 점점 익숙해졌다.

올드 바이크는 고쳐도 고쳐도 계속 고칠 게 생겼다. 타이어도 갈고, 쇼크업소버도 갈고, 레귤레이터도 갈고, 제너레이터도 갈고, 에어필터도 갈고, 점

화플러그도 갈고, 배터리도 갈고, 체인도 갈고, 대기어, 소기어도 갈고, 클러치디스크도 갈고…(여러분, 올바(올드 바이크) 타지 마세요. 신차 사세요). 우비도 사고, 사이드백도 사고, 거기다 시거잭도 달고, 카울 도색도 하고, 커스텀도 하고… 계속 계속 바이크에 돈을 썼다.

그렇게 돈을 쓰면서 돈에 대한 감각이 대범해진 걸까. 처음엔 15만 원짜리 바이크도 큰맘 먹고 산 사람이 30만 원짜리 바이크를 사고, 100만 원이 넘는 바이크를 사고, 300만 원, 400만 원짜리 바이크를 사게 됐다.

그렇게 씀씀이가 커지고서 나는 바이크뿐 아니라 삶의 전반에서 돈을 쓸 줄 아는 사람이 되었다. 이것은 내 삶에 중요한 변화였다. 잘못하면 문제가 될 수도 있지만 돈을 '잘' 쓴다는 것은 내겐 긍정적인 변화였다. 양친으로부터 경제적인 지원을 받지 않으면서부터 나는 생존 본능에 의해 항상 가성비 좋은 것을 찾게 됐다. 직업 특성상 돈을 정기적으로, 안정적으로 버는 것이 아니라 한번 수입이 생기고 나면 그다음 수입이 언제가 생길지 모르니 한번 생긴 수입으로 가능한 한 오래 버텨야 했다. 좋은 품질이나 심미적으로 만족감을 주는 것은 점점 포기했다. 그렇게 아껴 쓰며 살았기에 적은 수입으로도 잘 버틸 수 있었지만, 돈을 아끼는 것이 무조건 좋은 것도 아니고, 돈을 쓸 때는 쓸 줄도 알아야 전반적인 삶의 질도 올라가는 법이라는 것을 뒤늦게 배웠다.

내 머릿 속 이미지의 어른에 부합하는 것보다 정말 더 중요한 건 내가 얼마나 자립적이고 독립적이고 주체적인 사람이 되는가인 것 같다. 그리고 나는 이제 내가 정말 어른이 된 것 같다.

차 세 대 배 우

이런 게 사랑일까. 바이크를 타기 시작하자마자 한 가지 변화가 생겼다. 길에 있는 다른 바이크들이 눈에 들어오기 시작했다. 바이크를 타기 전까지는 길에 그렇게 많은 바이크가 있는지도 몰랐다. 우리 동네에, 매일 지나는 길가에 바이크 정비소가 있다는 것도 몰랐다. 항상 그 자리에 있었는데, 항상 지나던 길이었는데 이렇게 길에 바이크가 많고 이렇게 바이크 정비소가 많은지 전혀 몰랐다. 아는 만큼 보이는 걸까? 보고 싶은 것만 보는 걸까? 어떻게 그게 안 보일 수가 있었지?

이제는 길에 세워진 바이크 하나하나에 눈이 간다. 멀리서 바이크 소리만 들려도 고개를 돌려 쳐다보게 된다. 바이크 타는 사람들이랑 같이 있을 때 다른 바이크가 지나가면, 흥미로운 걸 본 고양이들 고개가 똑같이 돌아가는 것처럼 바이커들 고개가 동시에 같은 방향으로 휙 돌아가는 모습을 볼 수가 있다. 그리고 바이크가 가는 방향으로 고개도 따라 움직인다.

처음엔 그저 다 바이크였는데 이건 택트 저건 시티100, 이건 혼다 저건 대림, 이건 순정이고 저건 카울을 도색한 커스텀…, 다 같은 바이크가 아니었다. 그렇게 눈이 트이고 나니 영원히 함께 할 것만 같았던 내 바이크 택트 말고 다른 바이크들에 눈길이 가기 시작했다. 그중에서도 언젠가부터 시티100이 예뻐 보이기 시작했다. 배달용으로 정말 흔하게 많이 쓰이는 바이크, 길에서 정말 자주 눈에 띄는 바이크, 이름이 뭔진 몰라도 한국인이라면 누구나 한 번 보면 '아, 이거!' 할 그 빨간색 바이크가 시티100이다.

'하늘 아래 같은 색조는 없다'는 유명한 말처럼 다 같아 보이는 시티100도 조금씩 모델이 다르다. 내 눈에는 그중에서도 가장 구형인 모델, 네모나게 각진 시티100이 그렇게 예뻐 보였다. 구형 시티100은 혼다 커브를 베이스로 해서 나온 모델이었다. 그러니까 네모나게 각진 시티100은 혼다의 슈퍼커브나 다름없는 디자인의 모델이다.

일본 혼다와 기술 제휴가 끝나고 대림은 시티에이스, 시티플러스 같은 자체 모델을 출시했다. 손잡이, 계기판, 헤드라이트가 달린 부분이 각진 모양이 시티100의 매력 포인트였는데 자체 모델부터는 그 부분이 둥글둥글하면서도 날렵한 분위기로 바뀌었다. 내 눈에는 바뀐 디자인은 못생겨 보였다. '배달 오토바이'라는 편견을 뚫고, 비슷비슷해 보이는 디자인 중에서도 예쁜 디자인을 용케 알아봤다는 게 내가 보는 눈이 제대로구나 싶어 괜히 좀 으쓱했다. 그런 마음까지 더해져 시티100 사랑이 커져만 갔다. 슬슬 업그레이드도 하고 싶어진 터였다.

시티100이 마음에 쏙 들어 사고 싶으면서도 택트를 팔고 싶지도 않았다. 첫 바이크였으니 미련이 남았다. 그렇다고 둘 다 가지고 있어봐야 관리할 자신도 없고 금전적으로도 부담스러웠다. 그래서 생각해낸 게 가까운 지인에게 파는 방법이었다. 그리고 언제라도 팔고 싶어지면 꼭 다시 나에게 되팔라는 당부를 덧붙이기로 했다.

그렇게 택트는 나에게서 떠났다. 그리고 그 후로 지인 몇 명을 더 거치고서야 결국 사망 선고를 받았다. 그리고 그때쯤에는 나도 택트에 대한 마음이 사그라들어 그다지 슬프지만은 않았다. 그렇게나 소중한 내 바이크였는데 몇 년 지났다고 그 마음이 흐려지다니. 나의 바이크 사랑은 그렇게 사랑과 닮은 것일까.

50cc 택트에서 100cc 언더본 바이크 시티100으로 넘어가 배기량이 두 배로 뛰니 확실히 달랐다. 원체 만족을 잘하고 감탄을 잘하는 편인 나로서는 신세계였다. 이제는 진짜 시티100으로 충분하다고, 영원한 사랑의 맹세처럼, 이제 평생 시티100을 탈

거라고 호언장담했다.

　그리고 맹세는 2년 반을 넘기지 못했다. 역시 치기스러운 사랑의 맹세다웠다. 영원한 사랑의 다짐에 금이 간 건 어느 날 웹툰 〈로딩〉의 주인공 바이크인 기아혼다의 81년식 CG125 매물을 발견하고서였다. 희귀한 올드 바이크라 고민하는 동안 누가 채가면 또 구할 수 있을지조차 기약이 없는 귀한 매물이었다. 망설일 새가 없었다. 〈로딩〉의 주인공이라는 뜻깊은 바이크이기도 했기에 살짝 무리를 해서까지 당장에 예약금부터 넣었다.

　CG에 오르니 클러치를 잡고 변속을 하는 매뉴얼 바이크의 맛이 이런 거구나 싶었다. 치고 나가는 힘도 좋았다. 25cc 차이인데 시티100과는 힘이 확연히 달랐다.

　그런데 내가 산 CG는 올바여도 너무 심각한 올바였다. 손볼 곳이 너무 많았다. 윙커와 헤드라이트 같은 라이트가 약해서 밤길이 위험했다. 브레이크도 예리하게 잡히지 않아서 더욱 위험했다. 정비소에 돈만 내면 뚝딱 고칠 수 있는 것도 아니었다. 너무 오래된 바이크라 구조나 원리가 요즘 나오는 바이크와는 달라서 정비사도 어떻게 고쳐야 할지 잘 모르는 경우가 많았다. 고치기도 쉽지 않은데 부품 구하기도 어려웠다. 정비소에서 받아주기나 하면 다행이었다.

그만큼 오너가 관심을 가지고 공부도 많이 하고, 없는 부품을 찾으려 전 세계 인터넷을 뒤져서 복잡한 해외 직구도 하고, 그래도 없으면 수소문해서 대안을 찾아야 했다. 그렇지만 나는 그 정도로 바이크에 공을 들이고 깊게 파는 성격은 아니었다. 오기도 있고 집착도 있고 끈질긴 편인데 이런 건 또 신경 쓰기가 귀찮았다. 올바여도 다 감당하겠다, 책임지겠다 다짐하고 시작한 것이었지만 결국 나는 백기를 들었다.

CG로 매뉴얼 바이크의 맛은 이미 알아버린 뒤였다. 그렇다면, 속 안 썩이는 다른 125cc 매뉴얼 바이크는 어떨까. 올바에 단단히 질렸으니 이번에는 신차를 사야겠다고 결심했다. 텍트, 시티100, CG 다 중고였으니 공장에서 나온 완벽한 상태의 바이크도 타보고 싶었다. 내 취향대로 클래식, 신차, 125cc라는 선택지에 들어오는 건 SYM의 울프와 혼다의 CG 정도뿐. 이왕 신차를 사는 김에 확실하게 하고 싶어 정식 서비스센터에서 정비 받을 수 있는 울프를 선택했다.

시티100, CG, 울프. 그렇게 나는 차 세 대 배우가 되었다(친구가 그때 날 두고 한 농담이 너무 재밌어서 자꾸만 써먹고 싶다). 시티100을 저버릴 생각으로 CG를 들인 게 아니었고, CG를 팔 생각으로 울프를 들인 것도 아니었다. 그런데 차 세 대 배우가 되고 보니 세 대를 돌아가며 타는 것도 아니었고 차가 느 만큼 관리도 어려웠다. 나는 한 바이크에만 집중하는 스타일이었다.

한번 125cc 매뉴얼의 맛을 보니 시티100에는 손이 안 갔고 올바 CG는 감당하기 어려웠다. 자연스레 매일 울프만 탔다. 하나만 남긴다면 울프였다. 평생 타겠다고 다짐한 정든 시티100은 팔았고, CG는 동생 휘에게 줬다. 그동안 휘에게는 오랫동안 바이크를 영업해온 터였다. 그러나 휘는 강력한 계기가 없어서 면허 따기를 차일피일 미루고 있었다. 나도 9년을 미뤄봐서 안다. 면허 따기가 얼마나 귀찮은지. 그래서 한 방을 날렸다.

"나 이거 이제 안 타서 팔려고 하는데 니가 탄다고 하면 너 주고, 너 안 탈 거면 팔게."

진짜로 팔 생각이었다기보다 한 방을 위해서 조금 과장을 했다. 동생은 〈로딩〉을 보고서 CG에 애착이 많았다. 예상대로 내가 뿌린 떡밥을 덥석 물었다. 동생에게 CG를 넘긴 데는 다른 이유도 있었다.

동생이라면 까다로운 CG를 감당할 수 있을 거라는 믿음이 있었다. 동생은 이 모든 귀찮고 지난한 과정에 꿋꿋하게 집착하면서 CG를 살려낼 사람이었다. 이 또한 예상이 적중했다.

그렇게 울프면 충분하다 생각했는데…. 다시 또 다른 올바, 가와사키 에스트레야250을 만났고 그게 지금의 바이크가 됐다(estrella는 스페인어로 '별'을 뜻한다. 그래서 내 까만 에스트레야에 붙인 이름이 estrella negra, 검별이다. negra는 검다는 뜻이다. 참고로 울프의 이름은 버지니아였다).

97년식 택트, 02년식 시티100, 81년식 CG125, 16년식 울프 그리고 06년식 에스트레야. 결국 또 올바도 돌아오고 말았다. 배기량은 250cc, CG와 울프에 비하면 곱절이 되었다.

그런데 에스트레야는 실은 조금은 얼떨결에, 조금은 부추김에 샀다. 그러고 보면 울프 이후로는 비슷한 느낌인 것 같다. 택트나 시티100을 처음 만났을 때 같은 강렬한 끌림이나 확신이 이제는 덜하다. 그래서 바이크를 바꾸고 싶다는 마음이 들 때마다 이제는 이게 맞는 건가 망설이게 된다.

250cc 바이크를 타고 싶다는 생각을 한 지는 좀 됐었다. 다만 마땅한 바이크가 없어서 지지부진

하고 있었다. 클래식 바이크 중에서 쿼터급은 가장 극악한 구간으로 꼽힐 정도로 종류가 한정적이다. 신차는 말할 것도 없다. 게다가 배기량이 커질수록 차체가 커지고 시트고(바닥에서 시트까지의 높이)도 높다. 키가 작은 내게는 더욱 까다로울 수밖에 없는 조건이다. 시트고, 디자인, 가격. 신차를 포기하더라도 이 모든 조건을 충족하는 바이크를 찾기가 너무 어려웠다.

그러다 어느 날 친구의 친구의 매물을 소개 받았는데 마침 내가 생각한 모든 조건에 들어맞았다. 나는 평소 에스트레야의 디자인을 그다지 좋아하지 않아서 후보군에 두지 않고 있었는데 그 매물은 디자인이 조금 달랐고(에스트레야 역시 연식에 따라 디자인이 조금씩 다르다) 이 바이크는 마음에 쏙 들었다. 가격도 괜찮았고 마침 돈도 있었다. 착착 맞아떨어지는 것이 나랑 연이 될 운명인가 싶었다. 주변에서도 이거야말로 나한테 딱이라며 부추겼다.

정말 그런가 솔깃하면서도 한편으로는 좀 얼떨떨했다. 내가 생각해도 이거다 싶긴 한데 왜 이렇게 망설여지지? 왜 확신이 안 들지? 여지껏 소개팅을 한 번도 안 해봐서 모르겠는데 소개팅으로 괜찮다 싶은 사람을 만나면 이런 기분일까?

무언가를 좋아한다는 것은 다 그렇겠지만 내 바이크 사랑은 정말 연애와 비슷한 점이 많다. '이제 진짜 평생 타야지! 배기량 높일 필요 없다!' 그렇게 큰소리쳤는데, 그 마음도 몇 번씩 변하는 걸 겪으니까 이제는 그런 생각을 아예 하지 않게 되었다. 연애를 처음 시작해서 몇 번째 사랑까지는 나 이 사람이랑 평생 갈 거야 쉽게 다짐하지만, 몇 번 이별을 겪고 성숙해지면 그런 생각은 아예 안 하고 초연해지는 것처럼 말이다. 지금 내 바이크 에스트레야를 물론 사랑하지만, 사랑하지만 언젠가 헤어질 수도 있겠지. 다 그런 거니까.

자기만의 바이크

(A Motorbike of One's Own)

최근에 제주로 이주했다. 제주에 살면서 제주의 역사와 문화에도 관심이 커졌다. 그중에서도 해녀 문화에 관심이 갔다. 또 그중에서도 내 눈에 쏙 들어온 내용이 있었다. 제주는 다른 지역에 비해 유독 여성들, 특히 중노년 여성들의 바이크 이용률이 높다는 것이다.

바이크는 1995년 무렵 해녀 사회에 신속하게 확산되었다고 한다. 바이크가 기동성, 편리함, 독립성 등을 보장해주었기 때문이다. 왜 안 그렇겠는가. 그전까지는 물질하러 가려면 남편이나 동료의 경운기를 타고 바닷가까지 가야 했는데 바이크를 타면 (주로 남성인) 타인에게 의지하지 않아도 된다. 이를 바탕으로 제주 여성들은 더욱 독립적인 경제적 주체로서 확고한 위치를 차지하게 되었다. 1969년 이후로 해녀가 해마다 크게 감소했는데 해녀들 사이에 바이크가 확산된 1995~2000년에는 감소세가 눈에 띄게 줄었다고 한다.

제주 여성들에게 바이크는 생업의 도구면서 생활의 도구였다. 물질 작업을 하러 갈 때뿐만이 아니라 밭일, 계모임, 장보기, 병원 가기⋯ 거의 모든 일상에서 바이크를 타고 다녔다. 대중교통을 기다리거나 타인에게 의지하지 않아도 되니 시간을 주체적으로 활용할 수 있다. 결과적으로 사회 활동이 늘었다. 그 결과 최근 10여 년간 여성 어촌계장도 등장했다.[*]

나는 바닷가 마을, 특히 해녀가 많은 동쪽 지역에 산다. 해안도로를 지나다 보면 이따금 바이크들이 모여 있는 게 보인다. 그걸 보면 근처에서 해녀들이 물질을 하고 있다는 걸 알 수 있다. 1해녀 1바이크라고 해도 과언이 아니다. 논문을 찾아 읽고서 그런 바이크 무리를 보면 씨익 웃음이 난다. 내가 그 변화를 알기 때문에, 내가 느낀 변화를 아는 동지들이 거기 있기 때문에.

그래서 내가 바이크를 타고부터 하고 다니는 말이 있다. 100년 전에 버지니아 울프가 자기만의 방이 필요하다고 말했다면 지금 우리에게는 자기만의 바이크, 자기만의 차가 필요하다고.

바이크를 타면서 나는 무엇보다도 그 기동력이 신기했다. 자전거를 탈 때 느낀 감탄과 비슷하면서도, 더 커진 파워만큼 감동도 훨씬 더 컸다. 자전거

---

[*] 민윤숙(2011), '제주 해녀와 오토바이—제주 해녀들의 물질과 사회적 지위', 〈역사민속학〉 35호, 한국역사민속학회, 211-253쪽에서 발췌, 요약했다.

가 날개 같았다면 바이크는 제트기 같았다. 그야말로 어디든 갈 수 있는 힘이 내게 생긴 것이다.

　　그 힘이 너무 신이 났다. 괜히 엄마 대신 심부름을 갔다. 괜히 멀리 사는 친구들을 만나러 갔다. 자전거가 그랬듯, 바이크가 내 발이 되었다. '3보 이상 바이크'라고 농담을 할 정도로 언제나 어디서나 바이크를 타고 다녔다.

　　이 기동력의 진가는 특히 대중교통으로 가기 불편한 곳을 갈 때 발휘됐다. 당시에 내가 살던 경기도 부천에서 서울 중심부로 나가는 것은 그나마 괜찮았다. 지하철을 타고 쭉 가면 됐으니까. 오히려 지리적으로 더 가까운 서울 상암동이나 경기도 시흥, 일산, 심지어는 같은 부천인 중동, 상동 쪽을 대중교통으로 가려면 빙빙 돌아가거나 그 모든 교통 체증을 다 겪으며 가야 했다. 상동, 중동을 가는 데는 빨라야 30분, 길이 막히면 한 시간도 걸렸다.

　　상암에는 한국영상자료원이 있어서 영화를 보러 종종 가곤 했다. 하지만 집에서 한번 가기가 너무 부담스러웠다. 대중교통으로 가려면 못해도 한 시간 반은 걸리는 곳이다. 내가 살던 동네는 역세권이 아니어서 시간도 시간이지만 교통이 더욱 불편했다. 전철역까지 가는 데만 15분 넘게 걸렸다. 집에서 나와서 정류장까지 걸어가서, 버스를 기다리고, 버스를 타고, 내려서 역까지 또 걸어가고, 그 수많은 계단들을 오르고 내리고, 버스나 열차가 도착하고 있으면 놓치지 않기 위해 달려가고, 또 놓치면 헉헉대면서 분해하고, 또 한참 다음 열차를 기다리고, 환승을 네 번이나 해야 했다. 환승이 정 싫으면 한 번만 환승하는 루트도 있지만 버스를 50분 넘게 타야 하고 1시간 40분이 걸렸다. 그렇게 도착하면 이미 지쳤다.

그런 모든 과정이 사라지고, 내 리듬대로 바이크를 몰아 가기만 하면 그 장소에 도착하다니. 이건 정말 획기적인 변화였다. 바이크가 생기고서는 상암 가는 길이 신이 났다.

바이크의 기동력은 나를 어디든지 데려가주기도 했지만, 시간에 구애받지 않고 자유롭게 다닐 수 있는 힘도 주었다. 그것은 대중교통의 운행 시간(첫차와 막차)이나 비싼 택시 할증요금만을 말하는 것은 아니다.

제주에 오기 전까지 내가 살던 곳은 서울 영등포의 청과물시장 한가운데였다. 집은 나름 대로변에 있었고 새벽에 도매시장이 열리는 곳이라 24시간 상주하며 서로 인사하고 지내는 이웃이 많아 집 앞의 치안은 별로 걱정할 것이 없었다. 하지만 거기서 골목 안으로 조금만 들어가도 분위기는 확 음침해졌다. 골목은 밤이 되면 적막했고 어둡고 인적이 없었다. 그런 골목을 밤시간에 걸어다니는 건 생각만 해도 긴장되고 스트레스가 쌓였다.

바이크를 타고 보니 걸어다닐 때보다 훨씬 안전하다고 느낄 때가 많다. 보통 바이크 타는 것을 위험하다고 생각하니까 의아하게 여길 수도 있을 테지만, 여자들에게는 차라리 바이크를 탈 때가 더 안전하기도 하다. 여차하면 빠른 속도로 도망을 갈 수 있고, 웬만한 보행자보다는 바이크를 탄 내가 더 셀 것이고, 아무래도 바이크를 타고 있으면 보행자일 때보다는 표적이 덜 될 것 같아 안전한 마음이 든다. 마치 갑옷를 입은 기분이 든다. 실제로 단단한 헬멧을 쓰고 있으니까 머리는 확실히 보호할 수 있을 것 같다. 나는 밤거리도 새벽의 골목길도 편하게 누빌수 있는 든든한 갑옷이 생긴 것 같았다.

몇 년 동안 항상 바이크만 타고 다니다 오랜만에 밤늦은 시간에 지하철역까지 걸어갈 일이 있었다. 처음엔 별 생각이 없었다가 어두운 골목에 발을들이는 순간 잊고 있던, 뼛속 깊은 곳에 자리한 공포가 소환되었다. 맞아. 그랬었지. 바이크를 타기 전까지 매일같이 느끼던 익숙한 공포감이다. 바이크를 탄 후로는 그런 기분을 느낄 일이 거의 없었다는 사실에 새삼 놀랐다.

기동력이라는 힘을 갖게 되면서 이 힘이 얼마나 중요한지, 없을 땐 몰랐던 힘에 대한 생각을 많이 하게 됐다.

그러면서 스무 살 때 생각이 났다. 면허를 따면 아빠가 차를 사주네 마네 했는데 그 기회를 놓쳤다. 그때도 아쉬웠지만 자가용의 큰 힘을 실감하고 나니 오히려 지금 그때 그 기회를 놓친 아쉬움이 더욱 크게 와닿는다. 스무 살 때부터 자가용이 있었다면 어땠을까? 대학도 자취 대신 통학을 했을까? 촬영 다닐 때도 내 차를 몰고 다녔을까? 지금처럼 사람들과 술도 덜 마시고 덜 놀았을까? 더 일찍 어른스러워졌을까? 아니면 조금 몰다가 유지비가 감당이 안 돼서 포기했을까?

내 차가 있었다면 어떻게든 내 삶의 많은 부분이 지금 지나온 길과 달랐을 것 같다. 그랬어도 결국 지금처럼 바이크를 타게 됐을까도 궁금해진다. 예전 어느 예능 프로그램에서 '그래, 결심했어!' 하고 외치는 중요한 기로의 순간이 떠오른다.

주체성의 맛, 기동력의 맛을 보고 나니 촬영 등

으로 지방 출장을 갈 일이 생겨도 웬만하면 바이크로 가려고 한다. 매니저 차를 타고 가면 비는 시간에 어디 가보고 싶은 맛집이라든지 장소가 있더라도 반드시 매니저에게 부탁해서 가야 하는 것이 불편했다. 게다가 매니저 차는 대부분 커다란 카니발이기 때문에 거창하고 부담스럽다. 바이크를 타고 가면 자유자재로 다닐 수 있고, 출장도 여행처럼 할 수가 있어 좋다

　　기동력이 생기는 것은 사륜차도 마찬가지다. 그럼에도 내가 유독 바이크를 좋아하는 이유가 더 있다. 우선 사륜차보다 싸다! 그래서 내가 구매할 수 있었고, 계속 유지할 수 있다. 타고 나서 깨달았는데 주차도 더 쉽다.* 그리고 재밌다. 자전거를 타는 사람들도 금세 공감할 거라고 생각한다. 두 바퀴의 그 간편함을. 내 몸으로 중심을 잡으며 운전하는 재미

---

* '주차가 쉽다'는 건 상대적으로 작은 공간에도 주차할 수 있어서 쉽다는 거지 바이크 주차의 여건이 쉽다는 뜻은 아니다. 주차장에서 주차를 거부당하기 십상이기 때문이다. 아예 주차장 진입조차 못하게 막는다. 이륜차 주차장이 따로 갖춰진 곳도 거의 없다. 그러니 길가에 바이크를 세우면 딱지를 떼고, 잘 모르는 사람들은 아무데나 주차한다고 욕을 한다. 참고로 주차 거부는 과징금, 주차장 영업 금지 처분까지 받을 수 있는 위법 행위다.

와 바람을 가르는 상쾌함을.

　한번은 엄마가 친구들과 여행을 가게 됐는데 일찍 출발해야 해서 새벽 세 시에 서울 어디에서 만나기로 했단다. 엄마 집에서 차로 30분은 걸리는 거리인 데다 택시 외에는 대중교통도 없는 새벽 세 시에 약속 장소까지 어떻게 가나 걱정이 컸다. 새벽의 택시란 또 나름의 부담이 있다. 엄마에게 자차가 있었다면 이런 고민은 할 필요가 없었을 텐데. 그 생각부터 떠올랐다. 바이크든 자동차든 자차를 운전해서 가면 간단한 일인데. 나였다면 문제도 아닌 일인데. 자차가 있느냐 없느냐가 이렇게나 삶에서 중요한 힘이라는 걸 새삼 느꼈다. 엄마는 결국 아빠의 '호의'로 새벽 서울행을 이뤄낼 수 있었다.

　엄마가 제주 우리 집으로 놀러 왔을 때였다. 동네에 전기스쿠터 렌털숍이 하나 있는데 엄마가 온 김에 여기서 바이크를 경험해보면 참 좋겠다는 생각이 들었다. 비교적 쉬운 스쿠터로 바닷가를 달리면 즐거운 경험이 될 것 같았다. 엄마에게 스쿠터를 한번 타보겠느냐고 물었더니 흔쾌히 그러겠다고 했다. 역시 우리 엄마! 엄마는 생각보다 더 용감하게 운전을 잘했다. 내친 김에 기세를 몰아 혼다 슈퍼커브로 강습을 해줬다. 평소 자전거도 잘 타는 엄마는 금방

감을 잡았다. 엄마한테는 자동차 면허도 있겠다 바로 바이크에 입문하면 되겠다 싶었다.

이 소식을 동생에게 전하니 동생은 신나서 엄마에게 뭐라도 해주고 싶어서 안달했다. 그러더니 자기가 타던 바이크 하나를 엄마에게 주겠다고 했고, 엄마도 알겠다고, 그럼 타보겠다고 답했다. 그동안 내가 바이크 (사)줄 테니 타라고 해도 고사해온 엄마가 드디어 용기를 낸 것이다. 동생도 내가 타던 바이크를 준다고 해서 바이크에 입문했는데 이제는 동생이 타던 바이크로 엄마가 바이크에 입문하게 되는 것인가. 이러다 바이크의 바 자에도 관심 없는 아빠도 갑자기 타고 싶다고 하는 것 아닌지.

사실 엄마의 심경 변화는 조금씩 눈치채고 있었다. 가장 큰 변화의 씨앗은 전기스쿠터를 타고 해안도로를 달렸을 때였다. 아무리 얘기를 듣고 옆에서 보면서 심리적 장벽이 낮아졌다 해도 실제로 가능한 일이라고 여기게 되는 건 역시 직접 경험하고서다. 백문이 불여일견, 백견이 불여일행이라. 직접 전기스쿠터를 몰아본 순간 엄마에게 스쿠터는 현실에서 가능한 선택지가 되었을 것이다. 엄마 마음속에는 아주 작은 새싹이 움텄을 것이다.

어쩌다 비슷한 날짜에 여러 일정이 몰린 때가

있었다. 제천, 서울, 부산이 목적지였다. 나는 모든 일정을 바이크로 다니기로 했다. 나로서는 당연한 선택이었고 그 편이 더 즐거웠다. 제주에서 제천까지, 제천에서 서울까지는 일행이 있었고, 서울에서 부산까지 그리고 부산에서 여수까지는 혼자 다니는 일정이었다.

엄마는 새삼 날 대단스러워했다. 내 여정을 듣고서 너도 참 대담하다고 했던가, 담대하다고 했던가, 당차다고 했던가. 하여튼 그런 말을 했다. 그 말을 듣는데 평소와는 다른 느낌이 들었다. 그 순간은 그냥 그런가 보다 하고 넘어갔는데 나중에 엄마가 동생 바이크를 물려받기로 했다는 얘기를 듣자마자 엄마의 그 한마디가 떠올랐다. 그러고 보니 평소 엄마는 항상 이런 식으로 얘기했었다.

"어휴, 아무리 그래도 위험하게. 위험하지 않아? 조심해. 웬만하면 바이크 타고 가지 말지."

그런 엄마가 평소와 좀 다른 뉘앙스로 말했다.

"너도 참 대단하다."

그 말에는 엄마도 자유롭게 가고 싶은 모든 곳을 다니고 싶은데, 그렇게 하는 내가 참 대단하다는 의미가 숨어 있었던 게 아닐까. 내가 배우라서 엄마가 그냥 건넨 한마디를 과대해석을 하는 것일까? 엄마가 동의할지, 아니 그런 말을 했다는 걸 기억이나 할지 모르겠지만 나는 분명히 느낄 수 있었다. 아주 미묘하게 드러난 그 한마디와 그 아래 숨겨진 거대한 변화의 뿌리를.

얼마 후 나는 엄마에게 헬멧을 선물했고, 엄마는 헬멧을 쓴 사진을 보내왔다. 바이크와 함께할 엄마의 미래가 무척 기대되고 설렌다.

바이크 타면 위험하지 않아요?

바이크를 탄 지 8년이 됐다. 그동안 사고가 다섯 번 났고 그중 네 번이 처음 1년 동안 일어났다. 첫 사고는 택트를 탈 때였다. 교차로의 녹색 신호를 보고 달리고 있었는데 노란불로 바뀌었다. 내 앞 차는 그대로 교차로를 지나려는 듯 속도를 줄이지 않았고 나도 따라서 속도를 냈다. 그때는 운전을 한 지 얼마 안 돼서 그게 잘못인지 잘 몰랐다. 앞 차는 갑자기 마음을 바꿨는지 급정지했다. 나도 급하게 브레이크를 잡았지만 결국 나는 앞 차에 쿵 부딪치고 말았다 (이륜차의 브레이크는 사륜차보다 제동 거리가 길다).

　　사고 장면은 조금 웃겼다. 나는 핸들을 잡고 앉은 자세에서 충격에 의해 잠시 엉덩이를 들고 일어났다가 그대로 다시 자리에 앉았다. 첫 사고라 놀라기도 했는데 너무 웃겨서 살짝 어안이 벙벙했다. 사고가… 이렇게 웃길 수도 있는 건가?(아직도 사람들 앞에서 이 얘기를 하며 사고 장면을 재연하곤 한다). 워낙 가벼운 충돌이라 앞 차에서는 사고가 난 줄도 모르고 있었다. 충돌하면서 내 무릎도 바이크에 부딪혔지만 무릎보호대를 하고 있어서 다행히 몸은 멀쩡했다. 막연히 바이크는 사고가 나면 무조건 심각한 부상이 따르는 줄 알았다. 하도 바이크는 위험하다, 바이크 타면 죽거나 ○○ 된다는 말을 많이 들어서 큰 사고만 생각하고 있었던 것 같다.

두 번째 사고는 몇 달 후 제주도에서 났다. 바이크를 렌트해서 다랑쉬오름 가는 길이었다. 우회전을 하려다가 전날 내린 비에 도로로 쓸려 내려온 모래를 밟고 쫙 미끄러졌다. 무릎보호대가 또 내 무릎을 구했다. 보호대에는 돌가루가 박혀 있었다. 보호대가 아니었으면 내 무릎에 박혔겠거니 생각하니 끔찍했다.

세 번째, 네 번째 사고는 시티100을 탈 때 났다. 여행 중 비포장도로에서 혼자 넘어졌고(유튜브에 〈100cc〉 11화 슬립 영상과 김꽃비 인터뷰를 업로드해두었다) 갑자기 나타난 직각 급커브길에서 회전 반경을 충분히 줄이지 못해 가드레일을 추돌했다.

모두 비교적 가벼운 사고였고 보호대를 하고 있어서 타박상, 찰과상 정도였다. 그리고 몇 년 동안 사고가 없었는데 울프를 타다가 사고가 났다. 정차 구간에서 저속으로 1차로에서 사륜차와 추돌하고 팅겨나가 2차로에서 다른 사륜차와 또 부딪혔다. 지금까지 가장 큰 사고였다. 그것도 부상은 크지 않았다. 충격 부분이 좀 붓고 멍이 들었을 뿐이었다. 다행히 지금 내 몸에 바이크 때문에 남은 흉터는 거의 없다.

길게 사고 이야기를 한 데는 이유가 있다. 지금 껏 바이크의 자유로움을 이야기했지만, 그래서 그 느낌이 전해지면 다행이지만, 바이크 하면 사람들은 대개 위험한 것이라는 인상이 강하기 때문이다.

물론 아무리 택트라도 그 힘은 최고 6마력이 나온다고 한다. 1마력은 1초 동안 75킬로그램을 1미 터 들어올리는 힘이니 6마력이면 무려 450킬로그램 을 들어올릴 수 있는 힘이다. 요즘 차량치고 큰 힘은 아니지만 그 힘을 두려워하는 편이 안전하다. 아무 리 우스워 보여도 통제할 수 있는 힘은 안전하고 유 용하지만, 오만하게 까불다간 크게 다칠 수 있기 때 문이다. 바이크를 타다가 다치는 많은 경우가 자신 만만하게 까불다가 나는 사고다. 반대로 말하면 조 심히 그 힘을 두려워하고 통제하면 안전하게 바이크 를 즐길 수 있다.

정말 많이 들었다.

"위험하지 않아요?"

"안 무서워요?"

바이크를 탄다고 하면 듣는 말이다. 위험하다 는 말은 성별 불문인지 몰라도 안 무섭냐는 질문을 듣는 것은 거의 여성이다. 남성에게 그런 질문을 던 지는 것을 아직까지 본 적이 없다. 나는 아주 자주 듣는 말이다. 대놓고 안 무섭냐고 하는 말도 있는데, 나름 칭찬이랍시고 건네는 말도 이 모양인 경우가 많다.

"젊은 아가씨가, 여성분이 대단하네요."

"그렇게 크고, 무겁고, 빠른 기계를 몰다니 대단하세요"

'보통의 여자'라면 무서워하는 일을 하니 당신은 대단하다, 여자들이 못하는 일을 하니 당신은 대단하다, 이런 말은 나에 대한 칭찬이기보다 여성들은 그런 일을 못한다고, 여성 일반을 모욕하는 말이다. 나 역시 이런 말을 칭찬인 줄 알고 들었던 때가 있다. 이제는 이것이 모욕이라는 것을 안다.

바이크에서 내려서 헬멧을 쓰고 남자랑 어딜 가면, 심지어 남자는 헬멧을 안 쓰고 나만 쓰고 있어도 사람들은 우리가 바이크 한 대로 왔고, 남자가 운전하고 나는 뒤에 타고 왔을 거라고 생각한다.

그러다 바이크가 두 대라는 걸 알게 되면 꼭 그렇게 깜짝 놀란다. 내가 직접 바이크를 운전한 걸 보고도 꼭 그렇게 묻는다.

"직접 운전하는 거예요?"(지금 보셨잖아요…).

"바이크 안 무서워요?"(무서우면 어떻게 타고 다니겠어요?)

그래서 근처에 가볍게 나갈 때 지우가 바이크 한 대로 같이 가자고 해도 절대로 뒤에 타기 싫어서 무조건 내 바이크를 직접 운전해서 간다. 우리처럼 체중 차이가 많이 나는 사람 중 가벼운 사람이 운전석에 앉으면 까딱하다간 바이크가 뒤로 들릴 수도 있고, 무게중심을 잡기가 어렵다. 둘이 바이크 하나를 같이 타려면 체중이 훨씬 많이 나가는 지우가 운전하고 나는 뒤에 동승할 수밖에 없다.

운전하는 게 재밌기도 하지만 사람들의 편견에 부합하는 모습을 보여주고 싶지 않은 마음이 더 크다. 계속 스스로 증명하지 않으면 안 되는 현실이라니. 그렇다고 그들의 편견을 강화해주기도 싫다.

바이크 하면 따라 붙는 또 하나 강력한 편견이 있다. '불량한 것'이라는 편견이다. 폭주족 같은 불량한 청소년들이 타는 것, 배달처럼 사회적으로 인정받지 못하는 직업을 가진 사람들이 타는 것.

나도 선입견이 있었다. 처음 바이크에 대해 인식한 건 중고등학생 때였던 것 같다. 학교에서 문제를 일으키는 학생들 또는 학교를 그만둔 '불량 학생'들이 주로 바이크를 탔다. 재미 삼아 바이크를 타는 아이들도 있었겠지만 바이크로 배달 일을 하는 경우도 있었다. 놀이로 타든, 일로 타든 청소년들이 바이크를 타는 것 자체를 곱게 보지 않았다. 당시에는 폭주족이 사회 문제라며 비판하는 뉴스가 자주 등장했다. 또 옆 학교 누가 바이크 사고로 죽었다더라 하는 소문도 간간이 들려왔고, 다들 '바이크 타면 죽거나 ○○ 된다'는 말을 아무렇지도 않게 했다.

성인이 되어 자차를 장만할 때가 되면 대부분 자연스럽게 사륜차를 구입한다. 그들 눈에 이륜차는 철저히 타자가 된다. 자신은 탈 일도 없고 도로에서 거슬리기만 하는 혐오스럽고 이해 불가한 존재. 위험하게 바이크는 왜 타는지 모르겠다고, 한심하고 철없다고 생각한다. 거칠고 아슬아슬하게, 신호 따위 무시하며 인도와 차도를 넘나들며 요리조리 운전하는 배달 바이크를 보면 혐오스럽고 한심하단 생각을 한다(청소년과 배달 라이더가 편견의 원인이라는 말은 아니다. 대개 편견은 편견의 대상보다 그렇게 바라보는 사람에게 문제가 있는 경우가 많다).

바이크에 대한 인식에 대해서 이 책 편집자가 책에서 봤다며 들려준 이야기가 있다. 내가 오래 탄 시티100과 흡사한 혼다 슈퍼커브 이야기였다. 슈퍼커브는 전 세계에서 성공을 거둬서 1958년부터 60년 동안 무려 1억 대 넘게 생산되었다고 한다. 지금까지 만들어진 모빌리티 상품 가운데 가장 많이 팔렸다. 디스커버리 채널에서 제작한 〈세계 최고의 바이크 탑10〉에서 1위로 꼽힐 정도로 훌륭한, 언더본이라는 새로운 장르를 탄생시킨 혁신적인 바이크다.

혼다 창업자 혼다 소이치로가 어느 날 야근을 하다가 소바를 시켰는데 배달원이 바이크를 타고 오면서 국수를 다 쏟았다는 이야기를 듣고는 한 손으로도 조작할 수 있고 타고 내리기도 편한 바이크를 개발했다, 그런 탄생 일화가 있을 만큼 편리하고 안정성 있는 차종이 슈퍼커브다.

혼다는 미국 시장에 할리데이비슨 같은 대형 모델을 진출시키려고 했는데 어느 날 슈퍼커브를 타고 다니는 영업사원을 보고 현지 판매 직원이 이 모델이 더 좋을 것 같다고 제안해 슈퍼커브가 미국 시장에 진출했다고 한다. 그리고 미국 시장에서 큰 성공을 거뒀다. 그전까지 미국에서 바이크라고 하면 마약, 폭력배 등을 연상케 했는데 슈퍼커브는 '건전하고 편리한 이동수단', '착실하고 멋진 사람들의 이동 수단'이라는 이미지가 시장에서 만들어졌기 때문이다. 한마디로 '생각하기 나름'인 것이다.*

* 야마구치 슈 · 구노스키 켄, '슈퍼커브의 도약, 편익에서 이미지로의 변화', 『일을 잘한다는 것』, 리더스북, 2021.

편견과 차별만 문제가 아니다. 바이크를 타는 것만으로도 위험에 내몰린다. 나 또한 모터바이크 라이더로서, 도로 위에서 얼마나 이륜차에 대한 차별과 혐오가 심한지도 생생히 느끼고 있다. 그리고 겪을수록 약자에 대한 혐오와 차별은 그 대상이 누구건 근간이 비슷하다는 걸 많이 느낀다. 아직도 잊을 수 없는 친구의 말이 있다.

"근데 도로에서 운전하다 보면 오토바이가 앞에 있으면 거슬리긴 하더라."

이륜차도 정당한 권리를 가지고 도로를 사용하는 존재인데 그게 무슨 말인가. 운전을 개떡같이 해서 싫더라는 것도 아니고 그냥 바이크라는 존재 자체가 거슬린다니. 사륜차 운전자들은 아무리 운전을 개떡같이 해도 일반화당하지 않는다. 특정 차종 운전자들은 운전을 더럽게 한다거나, 택시, 버스를 욕하는 경우는 있어도 사륜차 전체를 싸잡아서 욕하지는 않지 않나? 친구는 심지어 내가 바이크 타는 걸 알고도 나에게 그런 소리를 했다.

사람들의 인식만이 문제는 아니다. 바이크를 타고 먼 지역에 가면 자주 듣는 질문이 있다.

"바이크로는 고속도로 못 타지 않아요? 그럼 어떻게 와요?"

국도로 가면 된다는 옵션은 차마 생각하지 못하는 것 같다. 한편으로는 그런 천진한 무지가 부럽기도 하다. 그런 것이 기득권자의 마인드렸다. 우리나라에서 바이크는 고속도로를 주행하면 불법이라는 사실조차 모르는 사람도 의외로 많다. 나도 바이크를 타기 전까지는 전혀 몰랐으니까.

후에 『선과 모터사이클 관리술—가치에 대한 탐구』라는 책을 읽다가 내가 느낀 지점들을 정확하게 풀어놔서 반가웠다. 이 책은 로버트 피어시그라는 미국인이 바이크로 여행하면서 느낀 것들을 철학적인 관점에서 풀어냈는데 인상 깊은 구절이 있었다. 작가는 일부러 고속도로가 아닌 국도를 타고 여행을 한다는 것이었다.

'일부러'. 그렇다. 미국은 바이크로 고속도로를 탈 수 있다. 이 미국인이야 '일부러' 국도로 간다지만 한국인인 나는 선택의 여지가 없다. 바이크로 고속도로를 탈 수 없는 나라가 몇 안 된다. 우리나라도 처음에는 고속도로 통행이 가능했다. 그러다 박정희 독재 정권 때 그다지 통행금지 법규가 생겼다. 금지한 데는 그다지 합당한 이유가 필요하진 않았을 것이다.

그래도 국도로 달리는 즐거움에 대해서는 이

미국인의 글에 매우 공감했다. 자동차 프레임 속이 아니라 바이크 위에 앉아서 달리면, 그것도 고속도로가 아닌 국도를 달리면 자연과 풍경과 더욱 밀접하게 이어지고 더 즐겁다는 것이다. 단순히 바이크 여행에 대한 이야기가 아니라 부제에서 알 수 있듯 가치를 어디에 두느냐에 대한 이야기이고 내 생각과 비슷해 매우 공감이 갔다. 글을 잘 쓰는 사람이 내가 하고 싶은 말을 정확하게 알맞은 말로 정리해주는 것을 읽으면 잃어버렸던 언어를 찾는 기분이다.

그러면서 반대로 한국도 이륜차로 고속도로를 달릴 수 있게 된다면 나는 어떤 길을 선택할까 궁금해졌다. 역시 천천히 여행할 때는 이 작가와 같은 이유로 일부러 국도를 선택할 것 같다. 일정이 여유롭지 않을 때는 고속도로를 타기도 하겠지? 국도를 달리더라도 그것이 내 '선택'이었으면 한다.

고속도로 주행 금지뿐 아니라 현재 도로교통법에는 지정차로제라는 아주 불합리한 법이 존재한다. 이륜차는 도로의 가장 가장자리, 바깥쪽 차선으로만 달려야 한다는 법이다. 법을 개정하려는 움직임이 있기는 하지만 아직 유지되고 있다. 그래, 법을 지키자. 그런데 좌회전을 해야 한다. 이륜차는 좌회전을 하기 120미터 전에서야 최상위 차선까지 진입할 수가 있다. 그 도로가 편도 6차선 같은 대로라면 6차선에서 120미터 안에 1차선까지 진입해야 한다.

이런 주행이 위법이 아닌데도 사륜차 운전자들은 확신을 가지고 욕을 퍼붓고 위협 운전을 한다(그렇다. 바이크를 타면 위험하다). 설령 지정차로제를 여겼더라도 신고를 하면 될 일이지 개인이 사적 제재를 가할 권한도 없을뿐더러 위협, 보복 운전은 심각한 범죄다. 사륜차 입장에서는 가벼운 행위도 이륜차 운전자는 위협을 크게 느낀다(그렇다. 바이크는 위험하다).

내 경험상 정말 바이크를 위험하게 만드는 건 바이크 자체보다는 바이크를 위험에 빠트리는 타인들이었다. 실제로 치명적인 바이크 사고의 반 이상은 사륜차와의 사고라고 한다. 그리고 대부분 사륜차 운전자의 과실이라고 한다. 사륜차 운전자들은 도로에서 이륜차를 인식하지 못하는 경향이 있다고 한다.

바이크를 유해한 무엇처럼 여기는 사람들도 많지만 실제로 바이크는 여러모로 편리하고 상대적으로 이로운 이동 수단이다. 교통 체증에도 사륜차보다 유리하다. 길이 막혀 있을 때는 상황을 봐서 틈바구니를 뚫고 지나갈 수가 있다. 이렇게 말하면 바이크가 복잡한 도로에서 이리저리 비집는 모습을 떠올리고 드릉드릉 눈에 불을 켜는 얼굴이 상상이 된다. 꽉 막힌 도로에서 정차한 차 사이를 이리저리 지나가는 바이크를 보면 짜증이 난다고, 그래서 일부러 틈을 주지 않는다고 하는 사람도 많다. 얄밉다고 생각하는 것 같다.

그런데 이런 차간주행을 외국에서는 권장한다고 한다. 레인 스플리팅(lane splitting), 레인 필터링(lane filtering), 레인 셰어링(lane sharing)이라고 하는데 길이 막힐 때 이륜차가 차선을 차지하고 서 있기보다 차들 사이나 갓길로 뚫고 앞으로 나가주는게 교통 체증 해소에도 도움이 되기 때문이라고 한다. 이륜차가 사륜차 사이에서 가려진 채 서 있는 것보다 앞으로 나와 있는 것이 안전하다고도 한다.

바이크는 환경 면에서도 사륜차보다 낫다고 한다. 몇 년 전 오스트레일리아 멜버른에서는 바이크를 권장하는 도로교통 플랜을 발표했다. 바이크가 교통 체증을 해소하는 데 도움이 되고 사륜차보다 연료를 적게 소비하기 때문이다.

멜버른 시 발표에 따르면 사륜차 승객은 운전자를 포함하여 평균 1.1~1.2명에 불과하다. 1인의 이동을 위해 더 많은 연료와 더 많은 공간이 쓰인다.

바이크는 사륜차보다 도로 공간을 적게 사용하니 교통 체증을 감소시키고, 작은 주차 공간을 필요로 하며, 사륜차 이용자의 10%를 바이크 이용자로 전환하면 나머지 90%의 사륜차의 속도를 37% 증가시킨다고 한다. 이 얼마나 이로운가!

그런데 편견은 바이크 운전자들 사이에도 존재한다. 바이크를 탄 지 한 달 정도 되어 운전이 자연스러워지자 슬슬 바이크를 즐기는 다른 사람들도 만나고 싶고 그들로부터 정보도 얻고 싶어 인터넷 바이크 동호회 카페에 가입했다. 거기선 정모나 번개를 자주 하는 것 같았다. 그런 모임이나 라이딩을 무슨무슨 '바리'라고들 불렀다. 예를 들어 밤에 라이딩하는 걸 '밤바리'라고 부른다.

바이크 타는 사람들이 주로 모이는 장소가 여럿 있었다. 그중 하나가 시화방조제 티라이트 휴게소였다. 어느 날 '티라이트바리' 모집 공지가 떴다. 안산에서 모여서 티라이트까지 가는 일정이었다. 나는 택트를 타고 안산까지 가기로 마음을 먹었다. 그때까지는 30분 거리의 익숙한 길만 다녔을 뿐이어서 20킬로미터가 넘는 운전은 또 새로운 도전이었다. 게다가 초행길이었다. 안산에서 모이기로 한 시간보다 30분인가 한 시간을 늦어 겨우겨우 도착했다. 사람들은 이미 거의 다 출발했고 마지막 팀이 막 자리를 떠나려던 참이었다. 겨우 그 팀에 끼어 출발했다.

사람들도 만났고 같이 출발하는 데도 성공했으니 고난은 끝난 줄 알았다. 그러나 내 택트는 다른 사람들과 같이 달리기에는 너무 느렸다. 도저히 안 되겠는지 스태프 역할을 맡은 것으로 보이는 남성 라이더가 따로 나와 달려준 덕에 겨우 티라이트에 도착했다.

그곳에는 '리터급(1000cc 이상 대배기량)' 바이크들과 멋져 보이는 매뉴얼 바이크들이 대부분이었다. 낡고 허름한 50cc 택트를 타고 온 사람은 나뿐이었다. 나를 신경 써준 것이 고마웠지만 대배기량을 추구하는 분위기가 느껴져서 위화감이 들었다. 물론 나는 기가 죽기는커녕 택트를 타고 여기까지 온 게 오히려 더 자랑스럽고 뿌듯했지만.

그런데 50cc나 100cc 바이크를 탄다는 사람을 만나 "바이크 타세요?" 반가워서 물으면 우물쭈물 대답이 돌아온다.

"아니, 뭐… 바이크는 아니고, 그냥 작은 스쿠터, 시티100…."

작은 바이크를 왠지 거창해 보이는 바이크라는

명칭으로 부르는 것이 부끄러운 모양이다. 아니 그럼 바이크를 바이크라고 부르지 왜? 50cc 스쿠터도 엄연한 모터바이크인데.*

배달 바이크와 싸잡히는 것을 불쾌해하는 경우도 있다. 같은 맥락에서 '오토바이'라는 표현을 꺼리기도 한다. 나도 '오토바이'라는 단어는 싫어하지만 그것은 영어도, 한국어도 아닌 정체불명의 콩글리시라서 싫은 것뿐이다. 단지 작다고 해서 스쿠터가 아닌 바이크를 스쿠터라고 부르는 것에 심기가 거슬리는 것처럼 나는 바른 언어에 강박이 좀 있다.

싸고 허름한 바이크에 대한 차별은 가난 혐오, 배달 혐오와도 밀접한 관련이 있다.

"그런 바이크 타면 가난해 보여."

"그런 바이크 타면 배달하는 사람 같아 보여."

배달은 가난한 사람이나 하는 것, 배달원은 능력 없는 사람, 사회적 낙오자라고 여긴다. 그리고 그런 사람은 그에 맞는 대접을 받을 수밖에 없다는 생각으로 이어진다. 그러니까 그런 대접을 받고 싶지

---

* 꾸준히 말하지만 시티100은 스쿠터가 아니다. 분류하자면 언더본이다. 스쿠터는 자동 변속이나 작은 바이크를 뜻하는 것이 아니라 앞 발판이 있는 종류를 말한다.

않으면 그렇게 보이지 않게, 나아가 그런 사람이 되지 않게 주의하라고까지 한다.

나는 항상 생각해왔다. 작은 것, 허름하고 저렴해서 무시당하는 것의 가치를 제대로 알고 싶다고. 작아도, 싸고 허름해도, 편견 없이 그 나름의 가치와 장점을 알아보는 사람이고 싶다고.

가난하든, 가난해 보이든, 무시하지 않는 사람이 되고 싶었다. 나 스스로 싸고 낡은 바이크를 타면서도 당당하고 싶었다. 이런 바이크를 내가 당당하게 여기면 다른 누군가에게도 용기가 될 거라 생각했다. 그렇게 한 명 한 명 용기를 얻으면 무시하는 분위기가 달라질 거라 믿었다.

나는 여성으로서, 체구가 작은 사람으로서 이 사회에 살면서 배려 없음을 넘어선 혐오를 절실히, 여실히 느끼는데, 그런 내가 바이크를 타고부터 기동력이 주는 힘, 자유로움, 자신감을 얻었다. 그래서 바이크를 만난 걸 인생의 큰 전환점으로 여긴다.

그게 너무나도 뿌듯하면서도 다른 한편으로는 바이크를 모는 것만으로 한 가지 혐오를 더 받으며 살아가고 있다는 것이 몹시 화가 나고 슬프다. 왜 이런 대접을 받아야 하지? 이걸 어떻게 바꿀 수 있지?

어디 바이크뿐이겠는가. 휠체어를 타든, 유아

차를 끌든, 치마를 입든, 문신을 했든, 가난한 나라에서 왔든 그것을 이유로 누군가로부터 배제되거나 위협받거나 차별받아서는 안 된다. 그런 배제, 혐오, 차별이 어떻게 작동하고 어떻게 사람을 슬프게 하는지 또한 바이크를 타고서 여실히 깨달았다면, 그래서 그걸 타파하는 일에 조금이라도 힘을 보태고 싶어졌다면 이건 좋은 일인지 나쁜 일인지.

정작 바이크를 위험하게 만드는 것

처음에 택트를 사겠다고 마음먹은 건 단지 싼 가격 때문만은 아니었다. 어떤 사람이 택트를 도색하고 거기에 바구니도 달아 낡고 볼품없는 바이크에서 귀여운 바이크로 변모시킨 모습을 봤기 때문이었다. 아무리 낡아도 손보면 꽤 그럴싸한 바이크로 탈바꿈할 수 있다는 걸 알고서 나도 낡은 택트를 구입했다.

'싸고 못생긴 걸 사서 예쁘게 만들자!'

택트는 민트색으로 도색하기로 했다. 민트색을 원래 좋아하기도 하고 자가 도색을 할 예정이니 시중에서 쉽게 구할 수 있는 카스프레이를 사용하면 좋을 것 같았다. 소형차 레이의 민트색이 딱 맞았다. 작업장이 있는 친구의 도움으로 택트 도색 작업을 시작했다.

몇 방짜리 사포로 도장면을 다듬어야 좋은지('방'은 사포의 거친 정도를 말하는데 숫자가 작을수록 표면이 거칠다), 발색에 도움이 되는 프라이머는 어떤 제품이 좋은지(사포로 간 다음 프라이머를 먼저 뿌리고 도색하면 착색이 잘 된다), 말릴 때는 어떻게 해야 하는지…. 인터넷으로 각종 팁을 미리 얻어둔 터였다. 친구가 간단한 정비를 볼 줄 알아서 카울(바이크 겉을 감싼 외장재) 떼는 것을 도와줬다. 사포로 다듬고 세척한 걸 말리는 데 한참, 프라이머를 뿌리고 말리는 데 며칠, 본 도색도 몇 번을 덧칠해야 하니 또 며칠이 걸렸다. 그렇게 도색을 완성하고 나서 윈드스크린과 앞바구니도 달았다. 완벽하진 않아도 나름 귀여운 택트가 완성되었다. 내 손으로 공을 들여 꾸민 터라 이제 진짜 '내 바이크' 같았다.

한번 커스텀 도색을 해보고 나니 자신감이 부쩍 붙었다. 택트에서 시티100으로 기변을 하고서 처음엔 같은 카스프레이로 또 똑같이 도색을 했다. 그런데 알고 보니 시티100, 커브 같은 언더본 바이크는 커스텀 문화가 특히 발달한 기종이었다. 다양한 스타일로 커스텀한 다른 언더본들을 보니 나도 저렇게 멋지게 커스텀하고 싶어졌다.

핸들과 계기판이 있는 부분을 떼어내고 새 핸들을 달기로 했다. 연료 게이지를 없애고 스피드미터 계기판을 따로 달았다. 일일이 브래킷도 가공해야 하고 배선도 새로 해야 해서 손이 많이 갔다. 남색에 흰색을 살짝 섞은 다크 파스텔블루 색으로 도색도 새로 했다. 색상뿐 아니라 기기까지 내 취향으로 손을 보고 나니 이제 정말 누구와도 다른 나만의 바이크가 되었다(물론 이 수준의 작업은 내가 직접 할 수 없었고 기술자에게 맡겼다).

바이크 타는 사람들 중엔 커스텀(custom)파가

있고, 순정파가 있다. 순정(純正)이 '조금도 다른 것의 섞임이 없음'이라는 뜻이던데 순정파는 출고된 상태 그대로 타는 사람들이다. 이와 달리 순정 상태로는 재미나 멋이 없다고 느끼는 사람들이 자신이 추구하는 스타일을 바이크에 반영하고 싶어서 커스텀을 하곤 한다.*

커스텀을 하면 세상에 단 하나뿐인, 내 취향에 꼭 들어맞는 바이크를 만들 수 있다. 하지만 멋 부리다 얼어 죽는다는 말이 있듯이 바이크도 멋 부리다 여러 불편함이 따를 수 있다. 난 기능적으로 불편해지는 것이 싫어서 기능은 최대한 살린 채로 커스텀했는데도 사소한 불편함은 불가피했다. 연료 게이지가 없어 연료량을 머릿속에 계산하고 있어야 했다. 빗물, 진흙 같은 도로의 이물질이 타이어를 타고 튀는 것을 막아주는 펜더도 뗐더니 비가 오거나 도로가 젖어 있을 땐 머리부터 복부까지 몸을 세로로 반으로 가르는 물줄기가 그려졌다. 아예 비가 내려 우비를 입으면 차라리 좀 나았는데 갑자기 젖은 도로

---

* 보통 디자인적으로 변형을 가하는 것을 커스텀이라고 하고, 기능적인 조정, 변형, 변경을 튜닝이라고 한다. 정확한 뜻이 그렇다기보단 일반적으로 그러한 의미로 쓰인다.

를 만날 때면 흙탕물에 옷을 버리기 일쑤였다.

커스텀을 약하게 한 편이 이 정도고 다른 커스텀 바이크들을 보면 펜더는 기본으로 떼고, 사이드 미러도 달지 않고, 이건 명백히 불법인데 윙커(깜빡이, 방향지시등)도 생략하고, 심지어 아무 계기판도 달지 않는 경우도 꽤 있다.

이렇게 불편함과 때론 불법을 감수하며 커스텀을 하다 보면 어느 순간 '깨달음'을 얻고 순정으로 돌아가는 경우가 왕왕 있다. 그래서 흔히들 커스텀의 끝은 순정이란 말을 하곤 한다. 나도 시티100을 커스텀한 후로 다음 바이크들은 줄곧 순정 상태를 유지하고 있다.

커스텀을 몇 차례 하기도 했고, 바이크에 대해 가장 많이 배운 건 역시 시티100을 탈 때였다. 바이크에 익숙해지면서 자연스럽게 바이크 상태를 민감하게 느꼈다. 처음에는 출력이 안 나오거나 시동이 걸리지 않는 것이 무엇 때문인지 궁금해졌다. 시동이 걸리지 않는 것은 확연한 문제 증상이었기 때문에 바로 정비소에 가져가서 원인을 물었다. 그동안 엔진이나 기계에 딱히 관심도 이해도 없던 사람에게 갑자기 메커니즘에 대한 이해가 생길 리 만무했다. 운이 좋게도 내 주치의 정비사는 친절히 잘 알려

주고 설명해주려고 노력하는 사람이었다. 알고 싶어 하는 의지를 보이는 내게 그림까지 그려가며 특별히 더 열심히 설명해주었다.

말했듯이 내 02년식 시티100은 고통의 올바라여길 고치면 또 저기가 문제를 일으키고 고쳐도 같은 증상이 또 나타나곤 했다. 정비소를 하도 들락거리니 자연스럽게 지식도 쌓여갔다. 조금이라도 의심스럽거나 궁금한 점은 모조리 질문했다. 이건 왜 그래요? 이럴 때 이러는 건 정상인가요? 별 문제가 아닌 경우도 있었고 정상 허용 범위에 있는 상태일 때도 있었다. 의심스럽게 느낀 부분을 점검했더니 문제가 있다고 드러나 수리할 때도 있었다.

그러나 라이더가 자기 차를 아는 것만으로는 한계가 있다. 게다가 아는 것과 고치는 것은 또 다른 문제다. 정비는 전문성과 기술이 중요한 영역이다. 제주에 한 달 살기를 할 때 이 정비의 문제를 절감했다. 서울에서는 울프를 사고 나서부터 울프 제조사의 공식 수리센터에 다녔다. 신차에, 완전히 믿을 만한 제조사 공식 수리센터에, 어느 때보다 마음 편히 바이크를 탈 수 있었다. 3년 가까운 시간 동안 그냥 믿고 맡기기만 하면 되었기에 정비, 정비사, 정비소에 대해서 살짝 방심한 상태였다.

제주에 도착한 바로 다음 날 타이어에 나사 같은 것이 박혀 펑크가 났다. 가장 가까운 정비소에 연락해서 다행히 별 문제없이 처리했는데 마침 타이어 수명도 다 돼서 이참에 타이어도 교체하자 싶었다. 뒤 타이어라서 머플러도 떼고 체인도 떼고 리어서스펜션도 떼는 큰 작업이 됐다. 어련히 잘 하겠거니 하며 들여다보지도 않았다.

정비소에서 울프를 찾아 돌아오는데 좀 이상했다. 원래 새 타이어는 좀 미끄럽다. 처음엔 그래서 그런 줄 알았다. 그리고 타이어가 좀 딱딱한 타입이라고 했다. 그래서 더 그런가 보다 했다. 제주는 바람이 강하다. 특히 봄바람이 가장 심하다고 한다. 그래서 그런가 하고도 생각했다. 하지만 새 타이어의 미끄러움이 충분히 벗겨질 만한 때가 지났음에도, 아무리 봄바람이 세다 해도 태풍을 맞으면서 운전할 때보다도 미끄럽고 도무지 도로에 밀착하지 못하는 느낌이 들었다.

마침 제주에서 한 달 살기 하는 동안 씽씽이 놀러 와 사륜차를 빌렸던 그때다. 대화를 나누다가 씽씽이 예전에 펑크가 나서 타이어를 갈았는데 정비소에서 타이어에 공기압을 과하게 넣어놔서 고생했던 경험을 얘기했다. 그 말을 듣고 보니 내 바이크의 모든 증상이 공기압이 과도할 때의 증상과 같았다. 주말이 지나 정비소에 다시 찾아가 공기압 체크를 부탁했다. 도대체 얼마나 넣었는지 궁금해서 옆에서 눈금을 들여다봤다. 60psi가 넘었다. 적정 수치가 40이니 타이어는 무지막지하게 빵빵한 상태였다. 자기가 넣었으면서 정비사도 놀라는 눈치였다. 공기압을 적정 수준으로 낮추니 증상이 훨씬 완화되었다.

이제 문제가 해결되면 좋았으련만. 여전히 석연치 않았다. 바이크가 한쪽으로 쏠리는 느낌이 들고 바람에 쉽게 휙휙 넘어가거나 뒷바퀴가 고정되지 않고 움직이는 느낌이 들었다. 베어링 문제인가? 아니면 스윙암 문제인가?

며칠 후 또 강풍이 불던 날 갑자기 커피젤리가 먹고 싶어져 한 시간 넘게 걸리는 카페를 찾아갔을 때였다. 강풍을 맞으며 달리는데 도로 위의 세로 방향 홈에서 차체가 심하게 흔들리고 강풍에도 휘청거려 도무지 속력을 낼 수가 없었다.* 체인이 늘어

---

* 차량의 미끄럼 방지나 배수성 향상, 수막 현상 방지 등을 위해 도로 표면에 세로 방향의 홈을 만드는데 바퀴가 작은 이륜차에는 치명적인 사고 원인으로 작용하기도 한다.

나면 힘을 잘 못 받는 특유의 느낌이 있는데 딱 그런 느낌이 났다.

예상보다 훨씬 늦게 카페에 도착해 바이크를 살펴보다가 경악하고 말았다. 체인을 조절하는 볼트가 빠져 있었다. 체인도 낭창낭창 늘어나 있었다. 그래서 안정감 없이 흔들림이 심한 것이었다. 뒤 타이어를 갈면서 타이어에 연결된 체인, 서스펜션을 다 뗐는데 다시 조립하면서 제대로 조정하지 않은 것이었다. 안전하고 직결된 이런 걸 놓치다니. 그들의 과실이니 문제를 제기하고 다시 맡겨야 했지만 그 정비소에는 도저히 믿고 맡길 수가 없었다. 그 정비소에 가고 싶지도 않았다.

어디로 가야 하나 고민하다가 제주에 좋은 정비소가 있다고 추천을 받아 적어둔 곳이 생각났다. 그곳으로 찾아갔더니 정비사는 내가 말한 증상들과 의심 가는 부위들뿐 아니라 전체적으로 점검하고 정비를 봐주셨다. 체인도 꼼꼼히 조정했고, 휠에 공기 넣는 밸브에 볼트가 조여져 있지 않은 것도 조여주시고 빠져 있던 고무 캡도 끼워주셨다. 그 외에도 꼼꼼하게 이것저것 봐주셨다.

정비소에서 나오는 길엔 바이크 상태가 드라마틱하게 좋아져 있었다. 작은 정비로도 큰 변화가 느껴졌다. 믿을 만한 정비사에게 정비 받고 나왔을 때의 그 바이크 상태란! 정말 돈 쓸 맛이 나고 정비 값이 하나도 아깝지가 않다. 집으로 돌아가는 길 내내 너무 기분이 좋아서 막 크게 웃음이 나왔다. 바로 이런 게 믿고 맡길 수 있는 정비지!

동시에 그동안의 시간이 너무 아깝고 억울했다. 제주에 도착하고 바로 다음 날부터 열흘 동안 내내 고생만 하고 기껏 온 여행을 맘껏 즐기지 못한 게 억울했다. 열흘이면 한 달 살기의 무려 3분의 1이란 말이다.

애초에 내가 바이크 상태에 귀를 기울이지 않으면 이상 증상도 파악하지 못한 채 위험에 처할 수도 있다. 내 바이크 상태는 내가 가장 잘 알 수밖에 없다. 정비소는 말하자면 바이크의 병원이다. 정비사는 의사이고 주치의다. 의사가 날 보자마자 바로 병을 꿰뚫어보는 것이 아니라 내가 말한 증상을 바탕으로 진단을 통해 원인을 파악하고 고쳐주는 것처럼 바이크도 같은 과정을 거친다.

사륜차도 정비소는 언제나 어려운 문제라고 알고 있다. 특히 여성들에게는 흔히 '눈탱이'라고 하는 수리비 과다 청구도 흔히 일어나고, 문제 없는 부분도 교체, 수리를 하게 해서 돈을 버는 일이 횡행한다고 알고 있다.

이륜차 업계에선 여기에 더해 훨씬 심각한 문제가 있다. 사륜차에 한해선 최소한 국가공인 자격증이라도 있다. 이륜차는 국가공인 정비자격증이 존재하지 않는다.

그래서일까. 정비사 실력이 천차만별이다. 암암리에 정비소를 위한 정비소가 있을 정도다. 그러니까 간단한 경정비는 어떻게든 해결해도 문제가 조금만 어렵고 복잡해도 실력이 안 되는 정비사 또는 정비소 사장은 고객 몰래 이걸 수리할 수 있는 다른 정비소에 맡긴다. 고객 입장에선 시간도 돈도 이중으로 들 수밖에 없다.

실력이나 자격이 안 되는 정비소에 맡기면 아무리 경정비라도 치명적으로 위험해질 수 있다. 나사가 하나 빠져 있다거나 하는 경우는 생각보다 자주 겪는다. 작은 나사 하나 때문에 죽을 수도 있는데. 사륜차도 그렇지만 이륜차의 컨디션은 더더욱 라이더의 안전과 직결돼 있어서 정비 상태는 매우매우 중요하다. 그런데도 이륜차 정비에는 자격증이 없다니. 책임질 기관도 없고 공인자격증도 없이 이렇게 불안정하다니. 바이크는 역시 위험한 것이다.

면허를 따는 것에서부터 이게 정말 바이크 운

전자를 고려한 건가 싶어 갸우뚱했는데 도로 운행에 대한 법규도, 정비에 대한 제도도, 이건 바이크를 타 본 사람을 생각하기는 한 건가 싶게 허술한 점이 한둘이 아니다. 바이크를 탈수록, 제도와 법규, 문화를 대면할수록 고려 대상에조차 들어가지 않는다는, 서글프기도 하고 억울하기도 하고 의문스럽기도 한 복잡한 마음이 깊어진다.

바이크 전도사

혜인이는 내 고등학교 동창이다. 한 학년인가 두 학년 동안 같은 반이었고 나랑 친한 친구의 친한 친구라서 종종 같이 어울렸지만 직접 친하진 않았던 그 정도 사이였다. 졸업한 후로 나는 정말 친했던 친구 한두 명을 빼곤 동창이나 어릴 때 친구들과 거의 연락을 하지 않았는데 혜인이는 연결고리가 있어서 가끔 얼굴을 보거나 소식을 전해 듣곤 했다. 그렇게 몇 년 동안 소식만 간간이 들으며 지내다 어느 날 우연히 카페에서 혜인이를 만났다. 둘이서 제대로 대화를 나눈 건 처음이었다.

안부를 묻다가 자연스럽게 바이크로 화제가 넘어갔다. 혜인이는 SNS에서 날 팔로우하고 있었기 때문에 내 바이크 사랑에 대해 익히 알고 있었다. 혜인이는 자기도 언젠가 바이크를 타보고 싶다는 말을 내 앞에서 꺼내고 말았다. 나는 그 말을 잽싸게 낚아챘다. 혜인이를 바이크에 입문시키려고 떡밥을 열심히 만들어서 들이밀었고 혹시 봐둔 바이크 모델이나 선호하는 디자인이 있는지, 그럼 이런 스타일의 바이크는 어떤지, 질문을 던지고 답변을 취합하며 점점 혜인이가 입문하기에 좋을 바이크의 범위를 좁혀 갔다.

'역시 입문에는 언더본이지.' 의뢰 받은 적 없

는 상담 끝에 내 멋대로 혜인이에게는 언더본이 적합해 보였다. 당장에 슈퍼커브와 시티100 매물을 검색해서 혜인이에게 보여주었다. 그러고는 한창 뽕이 차올랐을 때 더 확실히 쐐기를 박기 위해서 바이크 뒷자리에 타보라고 권했다. 혜인이는 얼떨떨한 듯 좋다고 했고 나와 같이 있던 친구들의 각기 다른 두 바이크에 타볼 수 있었다.

혜인이는 조금 무서워하면서도 재밌어하는 것도 같았다. 막 분위기가 물이 올라 조금만 더 하면 혜인이가 바이크를 사겠다고 할 것 같던 차에 카페 마감 시간이 되어 우리는 헤어져야만 했다. 그렇다고 그날 그렇게 끝난 줄 알았다면 오산이다. 나는 집에 오자마자 괜찮아 보이는 매물들을 검색해 혜인이에게 보냈다. 혜인이는 슈퍼커브보다는 시티100이 자기 취향이라고 했고 나는 검색 끝에 마침 바로 한두 시간 전에 올라온 시티100 매물을 발견했다. 혜인이에게 보여주니 역시 마음에 든다고 했다.

새벽 두 시에 가까웠지만 자정에 판매글을 올리는 사람이라면 아직 안 잘 것 같다는 느낌에 문자를 보내보았다. 다행히 판매자는 바로 답변을 주었다. 나는 곧장 영등포에서 마포로 달려갔다. 올드바이크이니만큼 상태가 훌륭할 리는 없었지만 큰 문젯거리도 딱히 없어 보였다. 심지어 아는 바이크였다. 데칼(바이크의 외장을 꾸민 스티커)이 독특해서 한눈에 알아볼 수 있었다. 내 친구가 판 바이크가 돌고 돌아서 또 다른 내 친구 혜인이에게로 온 것이다.

혜인이에게 보고하니 내가 오케이한다면 믿고 구매하겠다고 했다. 혜인이는 바로 돈을 보냈고 돈 거래가 완료된 후에 나는 서류와 키를 잘 챙겨서 바이크를 배달했다. 망원동 혜인이 집까지 바이크를 가져다주니 새벽 세 시가 다 되어갔다.

그렇게 혜인이는 카페에서 우연히 나를 만난 지 다섯 시간 만에 갑자기 자기 소유의 바이크를 집 앞으로 배달 받게 되었다. 혜인이는 훗날 이날을 소회하면서 '그래, 이럴 때 아니면 언제 바이크를 타보겠냐. 이 기회에 입문해보자' 싶어서 내 리드에 따랐다고 했다.

혜인이에게 바이크가 생기니 자꾸 혜인이를 불러내 만났다. 같이 여행도 다녔다. 혜인이가 바이크에 적응하자마자 함께 정동진독립영화제에도 가고, 단둘이서 모토캠핑도 갔다. 혜인이는 집에 있는 걸 좋아하고 밖에 나가는 걸 별로 즐기지 않는다고 했는데 막상 같이 밖에서 지내보니 야외 활동을 즐거워하는 것 같았다.

그렇게 한참을 즐기고 겨울 시즌오프를 지나
봄이 되어서 혜인이를 다시 만났다. 혜인이는 오랜
만에 바이크를 타니 재밌고 즐거웠다면서도 나랑 만
나지 않을 때는 역시 잘 안 타게 된다고 했다. 그래?
그럼 이제 날이 풀렸으니 다시 혜인이의 바이크 라
이프에 불을 지펴봐야지 그렇게 생각했는데, 갑작스
럽게 내가 제주로 이사를 가게 되었다. 혜인이는 내
가 이사 가는 걸 무척 아쉬워했다. 이제는 바이크 탈
일이 더 없을 것 같다고도 했다. 그러니 혹시 자기가
바이크를 되팔더라도 서운해하지 말라는 말도 덧붙
였다.

　　그래. 여기까지구나. 아쉽지만 할 수 없지. 그
래. 그런 사람도 있겠지. 바이크가 인생에 콱 들어차
지 않는 사람. 그래도 혜인이와 함께한 덕분에 몇 달
동안 즐거웠고 바이크 덕분에 혜인이와 더 친해질
수 있었고, 그거면 됐다. 혜인이는 정말로 그로부터
얼마 안 가 트위터에 바이크 판다는 글을 올렸다.

　　그렇게 나는 제주로 떠났다. 그리고 이사 정리
로 정신없던 어느 날, 혜인이에게서 문자가 왔다.

　　"이 매물 어때?"

　　혜인이는 울프 매물의 링크를 보내 왔다(역시
국민 클바 울프다). 혜인이가 울프를 산다고? 혜인이

도 역시 바이크를 놓지 못하는구나! 역시 바이크를 한 번도 안 타본 사람은 있어도 한 번만 탄 사람은 없다. 그만큼 바이크에 특별한 매력, 마력이 있다는 걸 나는 혜인이 덕분에 다시 한 번 확인한 셈이었다. 나와 함께하지 않아 아쉽지만, 바이크 전도사로서 이 세계의 매력을 전했다는 것만으로도 충분히 기쁜 일이다.

바이크를 타고서부터 내 삶은 정말 재밌고 즐거워졌으니까, 삶 자체도 많이 바뀌었으니까, 나는 바이크가 얼마나 재밌고 즐거운지, 또 얼마나 개인의 삶을 변화시키는지 다른 사람들도 알게 하고 싶었다. 바이크에 대한 부정적인 인식이니 편견도 없애고 싶었고 전도도 하고 싶었다. 혜인이에게 그랬듯 직접 만나 바이크를 전도하는 것뿐 아니라 매일매일 트위터에 바이크 이야기를 했다. 얼마나 재밌는지, 유용한지, 내가 느끼는 모든 장점을 공유했다.

그때부터 내 트위터 닉네임은 '바이크 전도사'가 되었다. 얼마 안 가 예상대로 바이크에 관심을 보이는 트친(트위터 친구)이 하나둘 생겼다. 내가 뿌려놓은 씨앗에서 드디어 싹이 튼 것이다. 기세를 몰아 트친들에게 적극적으로 매물을 알아봐주고 도와주었다. 혼자 고민만 하면서 질질 끌다 보면 흐지부지

되기 십상이다. 내가 9년 동안 그랬으니 잘 안다. 바로바로 실행에 옮겨서 일단 시작하는 게 중요하다.

그런 식으로 바이크에 입문시키기를 여러 명. 드디어 나와 잘 맞는 바이크 친구들이 생겼다. 친구 '빨덕후(빨간색 덕후, 본명: 류재형. 차 세 대 배우라는 별명을 지어준 친구)'가 모임 이름을 지었다. '바이크 부흥회'. 구호는 부릉부릉 소리를 연상시키면서 바이크를 부흥시키자는 의미를 더해 '부흥부흥'으로 정했다.

지우랑 둘이서만 다니다가 친구들이 생기니까 더 좋았다. 여럿이 함께 바이크를 타는 것이 재밌기도 했지만 모두가 페미니스트 친구들이라는 점도 서로 친해지는 데 크게 작용했다. 바이크 때문에 만났지만 그 이상으로 의미 있는 소중한 모임이 되었다. 어찌 보면 바이크는 우리를 하나로 이어준 매개체일 뿐이었다. 하지만 다시 생각해보면 바이크가 아니었다면 이렇게까지 깊어질 수 없었을 것이다.

바이크를 타는 동질감에 인권 감수성까지 맞으니 우리는 매일같이 만나며 급속도로 친해졌다. 다들 바이크를 이제 막 타기 시작해서 신이 난 상태라 조금이라도 더 타고 돌아다니고 싶은 마음에 모임은 더 가열찼다.

바이크부흥회뿐 아니라 바이크 타는 사람들은 유독 잘 모인다. 바이크는 타고 싶은데 갈 데가 있어야 나가니까 만나러 가는 김에 조금이라도 라이딩을 하고 그러는 것이다. 교통 체증의 영향을 덜 받으니 좀 먼 데서 모이기도 좋았다. 생일같이 특별한 날은 물론이고 꼭 약속을 하지 않아도 번개처럼 즉흥적으로 모였다. 몇몇이 만나고 있으면 또 다른 친구가 와서 합류하고 그사이에 가야 되는 사람은 중간에 빠지고 하는 식으로 가볍게 자주 만났다.

각자 바이크가 있어 다같이 여행을 하기도 쉬우니 우리는 자주 여행을 다니고 놀러 다녔다. 엠티를 가고, 정동진독립영화제에 여름 휴가 겸 가고, 캠핑도 가고, 크리스마스에도 함께 시간을 보내고, 새해도 함께 맞이했다.

바이크 타는 사람들끼리 어울리면 느껴지는 특별한 편리함이 있다. 특히 1인 1바이크가 주는 독립적이면서도 자유롭고 평등한 느낌이 좋다. 각자 자기 바이크를 가지고 있기에 나오는 그 동등한 힘, 독립적인 느낌.

그런 느낌을 일상에서도 느끼고 싶다는 욕심이 들었다. 랜선 친구들이 으레 그렇듯 우리는 ○○ 님이나 ○○ 씨라고 서로를 불렀다. 그런데 그 안에서 미묘한 서열이 느껴졌다. 우리는 나이대가 다양했기 때문이다. 나이가 가장 적은 친구와 가장 많은 친구는 열일곱 살 차이가 났다. 나이가 더 많은 친구는 더 적은 친구에게 자유롭게 ○○ 씨나 ○○ 님이라고 부르지만, 더 적은 친구는 ○○ 씨라고는 부르기 어려워 ○○ 님이라고만 불렀다. 미묘한 차이지만 평등하지 못함은 분명했다.

호칭을 통일해보기로 했다. 그냥 다 떼고 이름만 부르기로 했다. 꽃비 씨, 꽃비 님이 아니라 꽃비라고 부르기로. 그러다 아예 다같이 말을 놓자고 제안했다. 우리는 거의 서로 존댓말을 하는 사이였기 때문에 갑자기 말을 놓는다면 모두에게 꽤 어색한 일이었다. 큰 변화가 불편하고 싫어 반대를 하는 친구들도 있었다. 그러면 야자타임처럼 반말 기간을 가져보자고 제안했다. 한 달 동안만 반말 기간을 가져보고 그 후에 존댓말로 돌아갈 사람은 돌아가자고. 그렇게 한 달이 지나고 반말 기간이 끝났을 때 우리 중 누구도 존댓말로 돌아가지 않았다.

각자 자기 바이크를 가진 동등한 관계라 그럴까, 무언가를 좋아한다는, 좀 더 유연한 이유로 만난 관계라 그럴까, 아니면 이미 트위터에서 서로의 감수성을 확인하고서 만났기에 그럴까. 좋아하는 사람들끼리 만나 더 편하고 더 자유로운 관계 맺기의 방식을 시도해 성공했다는 건 나에게는 커다란 수확이었다.

이렇게 자유롭고 평등하고 독립적인 분위기를 추구한 건 나름 이유가 있었다. 처음 충동 구매로 택트를 샀을 때 주변에 바이크를 타는 사람이 없었다. 바이크에 대한 정보를 얻고 도움을 구할 곳은 커뮤니티뿐이었다. 그러나 불편한 점이 많았다. 커뮤니티는 남자들이 대다수인 남초 집단이었다. 짤방이라며 게시물과 상관도 없는 여성의 벗은 몸 사진을 올리고, 바이크를 여성에 비유하고, '김 여사' 같은 성차별 발언을 서슴지 않는 곳이었다. 부끄럽게도 십수 년 동안 인터넷을 하면서 흔하게 봐온 것들이라 처음엔 나도 그게 문제라는 걸 잘 몰랐다.

라이더들끼리 하는 손인사도 처음엔 그 연대감이 신기하고 멋지다고 생각했다. 생면부지 타인과 단지 같은 라이더라는 이유만으로 반가워하며 인사를 한다니. 그런데 어느 순간 엄지 척 하나에 느껴지는 그 뉘앙스, '오, 여라(여성 라이더)! 올~ 멋져' 하는 인사에 기분이 마냥 좋을 수만은 없었다.

'여자가', '남자가' 운운하는 말들이 아무렇지 않게 오갔고, 만나면 나이부터 묻고 서열을 정리했다. 그러고는 묻지도 않고 말부터 놨다. 같이 있으면 불안하고 초조했다.

　　그러다 그 유명하고도 악명 높은 '메갈리아'가 생기고 처음으로 여성혐오 미러링 글을 접했다. 내가 그동안 봐온 여성혐오 글들, 그러려니 무뎌진 글들이 남성을 대상으로 정반대 표현으로 바뀌자 여성인 내가 보기에 너무나도 충격적이었다. 여성혐오 글, 성희롱 글이 얼마나 문제인지를 남성을 대상으로 한 미러링 글을 보고서야 깨닫다니, 나조차도 여성혐오에 익숙해져 있었다.

　　남초 커뮤니티가 점점 더 불편해졌다. 그 안에서 여성들은 타자화되고 대상화되었다. 예를 들어 커뮤니티에 누가 가입 인사를 남겼는데 글쓴이가 여성으로 보이면 댓글 수나 조회 수가 압도적으로 높다. 여성 회원에게는 대놓고 잠재적 연애 대상으로 여기며 은근하게 말을 흘리는 사람이 있고 다른 사람들은 관전하듯 지켜본다. 칭찬이나 친근감의 표현이라며 여성혐오 댓글을 다는 경우도 부지기수다. 커뮤니티에서 만난 사람들에게 도움 받은 것도 많고 즐거운 일도 많았지만 내 발길은 자연스레 점점 뜸해졌다.

　　대신 나에게는 바이크부흥회 친구들이 있었다.

우리가 바이크를 타며 즐겁게 지내는 모습 그리고 부흥회 멤버이자 유명 유튜버인 햄튜브와 찍은 바이크 영업 영상을 SNS에 올리자 점점 더 많은 사람이 반응했다. 이 흐름이 분명 더 커질 거라 확신했다.

'바이크 부흥기'는 온다!

머지않아 트위터에 실제로 바이크를 샀다는 사람들이 늘기 시작했다. 반가운 마음에 오프라인에서 만나기도 하고 성심성의껏 서로 돕기도 하면서 트위터에서 교류하는 바이크인들이 생겼다. 그래, 이제 사람도 모였겠다, 트위터를 하면서 바이크를 타는 사람들을 부를 이름이 필요했다.

아주 정직하게 '트위터를 하고 바이크를 타는 사람들'? 이건 너무 긴데. 그때 한창 무슨 무슨 맨이란 표현이 유행했다. 짱이라는 뜻의 짱짱맨, 뻘쭘하면 뻘쭘맨, 책 읽으면 독서맨, 바이크 타면 바이크맨…. 뭐만 하면 맨을 붙였다. 나도 자연스럽게 '트'위터를 하면서 '바'이크 타는 사람이란 뜻으로 '트바맨'이란 표현을 떠올렸다. 그런데 역시 ○○맨은 남자를 기본으로 전제하는 표현이 아닌가.

페미니즘 소설의 고전 『이갈리아의 딸들』이 있다. 이 소설의 세계관에서는 우먼과 맨이 반대로 표현된다. 현실 세계에서 체어맨, 비즈니스맨처럼 인간의 기본형으로 맨이 쓰인다면 소설 속에서 인간의 기본형은 여성을 뜻하는 '움(wom)'이다. 그리고 남성을 가리킬 때는 움 앞에 맨을 붙여 맨움이라 부른다. 그래, 그럼 움을 붙일까.

트바움, 트위터를 하고 바이크를 타는 사람 또는 여성. 트바움을 기본형으로 하고 남성임을 강조하고자 하면 트바맨움이라고 부르면 되지. 트바움이라는 단어를 만들고 그 내용을 트위터에 올리자 많은 사람들이 '움'이라는 이름 아래 모였다. 자연스럽게 '움'이라는 표현에 동의하는 사람들, 페미니스트들이 모이게 되었다.

트바움들이 모이고 커뮤니티가 생기자 더 욕심이 났다. 그동안 목말랐던 것들을 이루고 싶어졌다. 기존의 남성중심적인 바이크 커뮤니티와 인권 의식이 부족한 커뮤니티 분위기에 지친 사람들이 편안하게 즐길 수 있는 바이크 커뮤니티 문화를 만들고 확산하고 싶었다.

'분명 우리처럼 울며 겨자 먹기로, 다른 대안이 없어 그냥 기존 바이크 커뮤니티에 엉덩이 붙이고 있을 수밖에 없는 사람들이 있을 것이다. 그러다결국 바이크에서조차 멀어진 사람들도 있을 것이다. 우리가 등장한 것을 안다면 반가워할 사람들이 많을

것이다. 그들과 함께하자.'

그러던 중 서울퀴어퍼레이드가 다가왔다. 자연스럽게 트바웅 사이에서는 바이크를 타고 퀴어퍼레이드(퀴퍼) 행렬에 참가하면 좋겠다는 얘기가 나왔다. 새삼스러운 것은 아니었다. 다른 나라의 많은 퀴어퍼레이드에서는 이미 오래전부터 바이크 행렬이 함께 한다. 우리도 그걸 해보고 싶었다.

추진력 있는 트바웅 몇몇이 그 일을 실행했다. 퀴어의 다양성을 의미하는 무지개를 이름에 넣어 '레인보우라이더스'라는 기획단을 꾸리고 사람들을 모았다. 안전을 위해 연습과 준비도 철저히 했다. 한국 퀴퍼 사상 최초의 일이었다. 기사화도 많이 되었고 주목도 많이 받았다. 언론에 알려지니 레인보우라이더스를 궁금해하는 사람들이 트위터에 유입되었다.

퀴어 인권을 지지하는 바이크 라이더 모임이라니! 페미니스트 라이더 모임이라니! 우리의 존재를 반가워하는 사람들이, 트위터를 전혀 모르고 계정도 없었던 사람들이, 일부러 트위터에 가입해서 트바웅 커뮤니티에 들어왔다. 어쩔 땐 주객이 전도되어 바이크에 대한 관심보다 오히려 페미니스트들의 끈끈한 모임이라는 것에 매료되어 함께 하고 싶어 하는 사람들도 보였다.

퀴어퍼레이드의 성공과 함께 우리는 계속해서 이러한 문화를 퍼뜨리고 싶었다. 그러려면 트위터라는 다소 접근하기 어려운 SNS 활동만으로는 한계가 있었다. 오프라인과 다른 커뮤니티의 여성 라이더들을 더 그러모으고 싶었다.

이번에는 '치맛바람라이더스'라는 이름으로 행사를 만들어보기로 했다. 치맛바람에는 여성의 드세거나 극성스러운 사회 활동을 비유하는 부정적인 뉘앙스가 담겨 있다.

'이 표현을 빼앗아 오고 싶다. 오히려 우리의 활기찬 사회 활동을 긍정적으로 이르는 말로 불러서 의미를 바꾸자.'

김아름이(본명: 김아름)가 쓴 트윗에서 착안해 우리는 치맛바람라이더스라는 이름을 붙였다.

미국에는 베이브스 라이드 아웃(Babes Ride Out)이라는 유명한 모임이 있다. 미국 전역의 여성 라이더들이 한데 모여 다같이 캠핑을 하면서 친목을 다지는 행사다. 2013년 처음 열린 행사에 50명이 모인 것을 시작으로 2년 만에 미국과 캐나다 각지에서 2천 명이 모이는 큰 이벤트로 자랐다. 처음 이 행사를 알게 됐을 때 전율을 느꼈다. 미국이라는 그 큰

땅덩어리에서 한곳에 모이려고 여성 라이더들이 며칠에 걸쳐 달려 온다. 그리고 다같이 캠핑을 한다. 라이딩과 캠핑. 내가 좋아하는 것이 다 있다. 게다가 그들은 너무 멋있고 스타일리시했다.

　　나에겐 로망이 있었다. 공원에서 스케이트보드 타는 남자애들을 보면 멋져 보여서 부러웠다. 스케이트보드도 멋있었지만 반스 운동화를 신고 저마다의 개성으로 스타일리시하게 꾸민 모습이 너무 멋져 보였다. 나도 그들같이 보이고 싶었다. 하지만 그런 이들 중에 여자는 거의 볼 수 없었고 멋져 보이지도 않았다. 왜 여자는 안 멋질까 불만이었고 속상했다. 여성 표본이 없었으니 그건 남자라서 멋있는 건 줄 알았다. 나는 남자가 아니라서 그들처럼 될 수 없을 거라고 생각했다.

　　그런데 베이브스 라이드 아웃을 본 순간 내가 되고 싶었던 바로 그 모습의 표본이 눈앞에 펼쳐져 있었다. 그들이 입은 옷은 여성용이랍시고 핑크색 버무리도 아니었고 요상한 나비나 고사리 문양이 있는 그런 것이 아니었다. 남자들 그룹에 낀 깍두기 같은 느낌도 전혀 없었다. 그들 각자가 스스로 온전히 자유롭고 캐주얼하고 스타일리시했다. 딱 내가 바란 모습이었다. 여자도 이런 느낌을 낼 수 있구나!

2018년부터 치맛바람라이더스 캠프아웃 행사를 준비해 2019년 가을 70명 정도 규모로 성공적으로 행사를 치렀다.

지금은 코로나바이러스 때문에 레인보우라이더스도, 치맛바람라이더스도 적극적인 오프라인 활동은 어려운 상태지만 온라인에서 트바웁들은 여전히 활발하게 교류하고 있다. 치맛바람라이더스는 온라인으로 여러 워크숍도 하고 인터뷰집 출간도 앞두고 있다.

여성 라이더를 중심으로 얘기하긴 했지만 치맛바람라이더스나 트바웁은 여성들만의 모임은 아니다. 현존하는 대부분의 바이크 커뮤니티는 남초거나 여성 전용이었다. 혼성이면서 여초, 여성이 중심이 되는 바이크 커뮤니티는 본 적이 없다. 우리는 내가 아는 한 처음으로 여성이 중심이 되는 바이크 커뮤니티를 만들었다.

여성 '전용'이 아닌 여성 '중심'의 모임이라 훨씬 좋다. 너무나 남성중심 사회라 여학교가 아니면 여성, 비남성이라는 성별이 걸림돌이 되지 않고 리더십을 경험해보기 어려운 사회이기에 여학교가 존재하는 의의가 너무나 중요한 것도 사실이다. 하지만 여성이 중심이 되는 공학이라면 마다할 이유가 없지 않은가? 여학생들이 중심이 되어 회장도 반장도 여학생이 하는 그런 공학을 떠올려보면 여학교보다 더 짜릿하지 않은가?

또 성별이분법적인 모임은 젠더퀴어에게는 또 다른 배척이 될 수도 있다. 트바움은 성소수자 당사자와 지지자, 페미니스트 등으로 이루어져 있고 사회 약자에 연대하고 인권을 중시하는 사람들이다. 당연히 나이주의에도 반대한다. 한국 사회에서 가장 어려운 게 나이주의 타파가 아닐까 싶다. 기존의 여성 라이더 모임도 나이주의, 인종차별, 장애인 혐오, 성소수자 혐오에서 자유롭지 못했다. 우리가 궁극적으로 바라는 사회는 성별에 의해 차별받거나 배척되지 않는, 어떠한 성별도 중심이 되어 이끌어갈 수 있는, 모두가 행복한 사회다.

우리가 시작한 이 행사와 모임이 점점 퍼져 나가서 조금씩 다른 갈래의 다양한 페미니스트 라이더 모임이 생기길 바라고 또 그럴 것이라고 믿는다.

이게 다 바이크 덕분이다

처음 바이크를 타기 시작했을 때는 여름이었다. 평소 입던 대로 바이크를 타고 다녔다. 그러다 호되게 혼이 났다. 한여름이었는데 해가 지고 조금 먼 동네로 이동하게 된 어느 날 온몸이 덜덜 떨리고 턱이 아플 정도로 추웠다. 바이크를 타면 바람을 고스란히 맞기 때문에 체온이 쉽게 떨어진다. 그날 이후로는 여름에도 항상 겉옷을 챙겨 다녔다.

그래서 라이더의 옷차림엔 패커블(packable)이 중요하다. 시트 아래 공간이든 사이드백이든 탑박스든, 아니면 들고 다니는 가방이든 한정된 공간에 이런저런 필수품을 부피를 줄여 수납할 수 있는 초경량 패커블 패딩, 우비 같은 것이 필수다.

겨울은 겨울대로 난감하다. 보온이 최선이다. 방풍이 살길이다. 얇은 옷을 여러 겹 겹쳐 입는 것이 더 따뜻하다는 것은 알 만한 사람은 다 아는 사실이다. 발열이 된다는, 몸에 가볍게 밀착되는 내의를 입고 그 위에 기모나 두꺼운 긴팔 티, 그 위에 발열조끼, 또 그 위에 플리스, 그 위에 방풍이 잘 되는 두꺼운 패딩점퍼를 입는다. 하의는 레깅스를 입고 그 위에 또 바지를 입는다.

보온은 되는데 너무 잘 된다. 이렇게 껴 입고 실내에 들어가면 더위가 찾아온다. 그래서 옷을 한

꺼풀씩 벗기 시작하는데 벗다 보면 허물이 너무 많아 옷을 걸친 의자가 뒤로 넘어가버린다. 그렇게 벗더라도 안에 입은 레깅스나 두꺼운 티셔츠는 벗을 수 없어서 땀을 흘릴 때가 많다.

내가 찾은 대안은 방한작업복이다. 위아래가 하나로 이어진 커버롤(coverall)은 패딩 솜으로 채워져 있어서 겨울철 야외 작업을 하는 사람들이 애용하는 옷이다. 이 방한복은 원피스형이라 허리춤 등으로 바람이 파고들 틈이 없어 특히 따뜻하다. 실내에 들어갈 때도 이 방한복 하나만 벗으면 그만이다. 그리고 보통은 아무도 이런 작업복을 탐내지 않기 때문에 분실할 걱정도 없다. 바이크에서 내리면 방한복을 벗어서 바이크에 매놓고는 가벼운 몸으로 산뜻하게 실내로 입장할 수가 있다.

바이크를 타고서 등산객들이 왜 그렇게 기능성 의류를 좋아하는지 이해가 갔다. 바이커에게 옷차림이란 방수, 방풍, 자외선 차단, 쿨링, 발열, 패커블 같은 기능과 같은 말이었다(물론 그 안에서 최대한 멋을 부린다). 그러다 보니 자연스레 활동성이 떨어지는 패션과는 멀어졌다. 멋부리고 싶은 마음과 다 귀찮고 기능성, 활동성이 최고다 하는 마음이 양립하지만 결국은 활동성 의복을 선택하곤 한다.

바이크 타는 내 모습을 사진으로 보면 참 멀리 왔구나 하는 생각이 든다. 바이크 덕분에 옷, 패션, 꾸밈에 대한 생각이 많이 바뀌었기 때문이다.

중학교 2학년, 다들 슬슬 멋을 부리기 시작할 때였다. 나는 보통의 여자애들이랑은 다르다고 생각했다. 연약하고, 힘없고, 예쁜 척하고, 까탈스러운 그런 여자애들이 아닌 털털하고 멋있는 남자 같은 모습이 내가 그린 내 모습이었다. 나는 여성이면서 여성혐오를 하는 '명예남성'이었다. 그래서 나는 주로 남자 힙합퍼들이 입는 통 큰 바지와 오버사이즈 티셔츠 등을 입었다.

그러다 대학에 가고서, 성인이 되고서 취향이 변했다. 하늘하늘하고 잔꽃무늬가 들어간 빈티지, 히피 스타일 옷을 좋아하게 된 것이다. 그렇게 치마와 꽃무늬를 가까이하게 되면서부터 '여성스러운' 옷차림에 점점 거부감이 사라지고 차츰 더 '여성스러운' 스타일이 되어갔다.

나이를 먹어가면서는 점점 더 예의를 갖추는 것이 중요해졌다. 결혼식에 가거나 중요한 자리에 참석할 때, 특히 배우로서 공식석상에 나설 때가 있으니 그럴 때는 더 예의를 차려야 했다. 여자에게 예의란 화장이었고, 원피스나 치마 정장이었다. 배우로서는 드레스를 입어야 하기도 했다. 그러지 않으면 그 자리에 대한 예의를 갖추지 않고 무시하고 욕보인 것으로 간주되었다. 거기에 익숙해져갔다.

그러다 바이크를 타게 되었다. 택트, 시티100을 탈 때까지는 멋을 부릴 대로 부리고 탔다. 바이크는 거칠고, 남자들만 타는 것이라는 편견을 깨고 싶어서 일부러 더 그러기도 했다. 택트를 타던 시절에 친구가 결혼했는데 하객 원피스를 입고 택트를 타고 결혼식장까지 간 적도 있다(지금은 바지 정장을 입고 바이크를 타고 결혼식장에 간다).

그러나 바이크를 타면서 멋부리기란 쉬운 일이 아니다. 헬멧에 눌려 화장이 지워지고 머리도 눌린다. 게다가 비, 바람, 추위, 더위 등에 노출되니 나를 보호할 수 있는 옷을 입고, 필요하면 각종 보호 장구도 차야 한다. 매뉴얼로 기변을 하면서 멋과는 확연히 더 멀어졌다. 언더본은 의자처럼 앉아서 가방 같은 것을 다리 사이에 두면 치마가 뒤집어지지 않아 괜찮았다. 그런데 포지션이 앞으로 쏠리는 바이크를 타니 치마가 더 잘 뒤집어졌다. 사람이 바이크 타다 보면 팬티가 좀 보일 수도 있지! 하는 마음도 가져봤지만 결국 내가 신경 쓰이고 불편하다.

어떻게든 멋과 기능을 함께 가져가려 고민했는

데 이제는 기능만 생각한다. 시골로 이사 오고서는 더욱 꾸미는 것과 멀어졌다. 바이크에 시골 생활은 탈코르셋에 직방인 것인가. 여전히 헷갈릴 때는 있다. 특히 배우로서 공식석상에 서야 할 때는 항상 고민에 빠진다. 그래도 당연히 꾸며야지 생각했던 때에 비하면 이만큼 멀리 와 있다.

꾸밈뿐 아니다. 바이크는 나비효과처럼 내 삶에 큰 파장을 여럿 일으켰다. 바이크를 타면서 여행을 다시 시작했고, 특히 캠핑을 많이 다녔다. 캠핑을 하며 자연을 자주 접하니 자연에 더 관심이 많아졌다. 특히 제주의 자연 환경에 반해서 결국 이사까지 왔다. 바이크를 타면서 제주에 더욱 자주 드나들게 되었고 더욱 제주를 사랑하게 되었으니 이런 결과로 이어진 건 결국 바이크 덕분이다.

제주의 시골에 와서 살다 보니, 그중에서도 바다 근처에 살다 보니 자연과 생태를 더더욱 크게 체감하게 되었다. 그리고 더 큰 관심을 가지게 됐다. 그렇게 살면서 인간에게 자연을 가까이하는 것이 왜 중요한지도 알게 되었다. 타지에서 만난 '남의 자연'보다 내가 사는 곳의 자연, 내 집 앞 바다가 내 것처럼 소중하다. 바이크는 나를 자연과 더 가까워지게 해주었다.

바이크 여행이 자연에 대한 감각만 일깨운 것은 아니다. 내 삶의 무게, 내가 소유한 것들에 대한 감각은 바이크를 타기 전과 많이 달라졌다. 바이크가 없던 시절에 무전여행을 하면서 느낀 것이 있었다. 배낭 하나 메고 떠나 40일을 지냈는데 생각보다 괜찮고 할 만해서 오히려 놀랐다. 가진 것이 없으니 마음이 더 편했다. 가벼움, 해방감.

나는 원래 물건을 잘 버리지 못한다. 언젠가 쓸지 모른다는 이유로 물건들을 쌓아두고 물건을 버리기가 너무 힘들다. 그런 물건들이 없어도 살아가는 데 별 문제가 없다는 걸, 충분히 잘 지낼 수 있다는 걸 무전여행을 하면서 느꼈다. 가진 물건이 가벼울수록 마음도 가볍고 편안했다. 그만큼 자유로웠다. 요즘 말하는 가벼운 삶, 무소유, 미니멀리즘 등이 그런 것이었다.

우연히 〈숲속의 작은 집〉이라는 티브이 프로그램을 봤다. 전기도 수도도 없는 외딴 숲속에서 자급자족 살아가는 모습을 담은 프로그램이었다. 주인공들은 문만 열면 자연이 펼쳐져 있는 곳에서 최소한의 것만 가지고 생활했다. 나는 내가 했던 캠핑여행들이 떠올라서 무척 공감이 갔다. 조금 불편할 수도 있지만 마음은 평화로워 보이는 것이 캠핑과 참 비슷했다. 그걸 보면서 내가 캠핑을 좋아하는 이유를 더 자세히 깨달았다.

내가 캠핑을 좋아하는 이유 중 하나는 삶이 간단해지기 때문이다. 캠핑을 할 땐 그릇도 컵도 수저도 딱 하나씩만 가졌기에 음식을 먹고 다음 끼니를 준비하기 전에는 반드시 설거지를 해야 한다. 늘 여분의 것이 있는 집에서는 설거지를 미룰 수 있고, 그래서 늘 설거지가 쌓이곤 했다.

살림을 해본 사람들은 잘 알 것이다. 설거짓거리를 쌓아놓지 않는 건 대단한 부지런함의 상징과도 같다. 정말 부지런하고 의지가 강한 사람들이 아니고서는 텅 비어 깔끔한 싱크대를 구경하기 힘들다. 그런 의지가 부족한 사람들에게는 물리적인 제약만큼 확실한 처방이 없다. 미니멀리즘. 적게 가지는 것이다.

캠핑 중에서도 특히 모토캠핑은 이런 물리적인 제약을 더욱 강화한다. 사륜차에 비하면 적재 공간이 현저히 한정적인 이륜차에 실을 수 있는 짐은 얼마 되지 않는다. 절로 미니멀리스트가 된다. 우리 모토캠퍼들은 욕심을 부릴 수가 없다. 물론 물건 하나하나의 질을 높이는 데 힘을 쓸 순 있다. 양보단 질. 알고 보니 그것이 미니멀리즘의 핵심이더라. 그것을 나는 바이크를 타면서 배웠다.

    나는 서울 영등포에 있는 방 네 개짜리 집에서 친구들과 살았다. 계약이 만료된 친구들이 한 명씩 나갈 때마다 나는 그 자리에 바이크부흥회 친구를 한 명씩 데리고 들어왔다. 종국에는 네 명 모두 바이크부흥회 친구들이 살게 되었고 우리끼리 '바이크의 집'이라고 이름을 붙였다.

    처음에는 빈방에 들일 사람을 구해야 하니까 조건 맞는 친구들을 집으로 끌고 들어온 것에 지나지 않았다. 물론 절친하고 좋아하는 친구들과 함께 살게 된 것이 기쁘고 들떴다. 마음 맞는 친구들과 사는 것은 생각보다 훨씬 더 좋다. 나는 남이랑 같이 사는 게 싫어서 대학 시절 자취할 때도 혼자 살았는데, 그랬던 내가 이렇게 친구들을 좋아하게 될 줄은 몰랐다.

    나중에는 내 동생 휘까지 들어와서 다섯 명이 한 집에 살게 되었다. 나는 집안의 결속을 담당했는데 유전자의 특성인지 동생도 집안의 화합을 북돋았다. 우리는 점점 더 결속력이 강해졌고 서로를 가족처럼 느꼈다.

    나는 오래전부터 비혼주의다. 휘도 마찬가지라고 했다. 동생과는 워낙 친하고 잘 맞아서 나중에 우리 둘이 같이 살면 되겠다고, 같이 살자고 얘기하곤 했었는데 이런 식으로 같이 살게 될 줄은 몰랐다.

그렇게 몇 년을 살다가 나와 지우가 제주로 이사했다. 갑작스레 결정된 일이어서 거의 한 달 만에 그 집에서 이사를 나왔다. 제주에서 살 생각에 기쁘면서도 친구들과 헤어지는 것이 슬펐다. 너무 슬퍼서 엉엉 울었다. 너무 슬퍼서 친구들에게 작별 인사도 제대로 할 수가 없었다. 작별 인사를 하면 정말로 헤어지는구나 실감을 할 것 같아서 그냥 외출하는 사람처럼 집을 나왔다.

시간이 지나 이별에 적응하고 나서는, 계속 친구들을 꼬였다. 제주로 오라고. 휘가 제일 먼저 오고 싶어 했다. 동생은 워낙 복잡한 도시를 싫어했다. 그런데 휘가 머뭇거리는 동안 기대를 안 했던 다른 친구 한 명이 먼저 제주행을 결정했다. 내가 이사한 지 1년이 조금 지났을 때였다.

워낙 표현을 안 하는 무뚝뚝한 친구인데 제주행을 결정한 것이 우리에 대한 믿음과 애정이 드러나는 행동 같아 감동적이었다. 나머지 멤버인 동생과 아름도 올해 안에 서울 생활을 정리하고 제주로 내려오기로 했다. 우리는 서로가 있어서 든든한, 서로 의지하는 가족이 되었다.

내가 아는 가족, 가부장적인 가족은 항상 불평등했다. 그래서 결혼이 싫었다. 우리가 이룬 가족은 달랐다. 의도한 것은 아니었지만 우리는 이미 새로운 대안적인 가족을 이루었다.

우리가 이룬 가족은 사회적 역할이 정해진 관계를 답습하지 않아 더 좋았다. 처남-매형 관계였을 휘와 지우는 서로 이름을 부르고 말을 놓는다. 아름과 나는 나이 차이도 열 살이 나고 시누-올케 사이였을 관계지만 역시 서로 이름을 부르고 반말을 한다(아름은 나랑 먼저 친구이기도 하다).

아름을 처음 만난 건 바이크로 두 해째 정동진독립영화제에 참석했을 때였다. 그새 친구들이 늘어 바이크부흥회의 전신 격인 투 휠즈 시네마 클럽(Two Wheels Cinema Club) 친구들과 함께였다. 투 휠즈 시네마 클럽은 바이크 타는 내 주변 여자 친구들의 이야기를 다큐멘터리로 만들고 싶어서 기획한 프로젝트로 김소이, 허챠밍, 햄튜브 등이 멤버였다(프로젝트는 현재 무기한 연기 상태다).

영화를 보러 영화제가 열리는 정동초등학교로 갔는데 교문 앞에 시선을 잡아 끄는 바이크가 하나 있었다. 누군가의 패션을 보고 그 사람이 어떤 것을 좋아하고 어떤 것을 추구하는지 짐작이 갈 때가 있지 않은가. 마찬가지로 바이크만 보고 오너의 성향을 알 수가 있다. 크기가 작아서 커스텀하거나 꾸미기 좋기 때문일까. 바이크는 오너의 성향이 잘 드러나는 편이다. 학교 앞 그 바이크는 트래커 스타일로 커스텀된 시티100이었다. 오너는 멋쟁이일 것이 분명했다. 그리고 나랑 취향이 크게 어긋나지 않을 것 같아 관심이 갔다. 영화 상영이 모두 끝나고 뒤풀이 자리로 향하는 길에 바이크 주인을 만날 수 있을까 싶어 괜히 주변을 얼쩡댔다.

드디어 바이크 주인을 조우하게 됐는데 딱 봐도 내 예상보다 훨씬 더 우리와 잘 통할 것 같은 느낌이 들었다. 무엇보다 여성이었다! 그가 아름이었다. 기대보다 큰 수확에 기쁜 마음을 감출 수가 없었다. 친해지고 싶다는 마음이 더욱 더 강렬하게 들었다. 마침 찍고 있던 다큐멘터리에도 담을 수 있으면 더할 나위 없이 좋을 것 같은 사람이었다. 함께 뒤풀이 자리에 가서 좀 더 얘기를 나누자고 제안하니 흔쾌히 수락했다.

우리는 영상을 찍으며 대화를 나누고 있었는데 카메라를 들고 있던 챠밍이 아름에게 바이크를 타게 된 계기를 물었다. 아름은 웹툰에 나온 걸 보고 좋아하게 됐다고 했다. '혹시? 설마?' 챠밍은 덜덜 떨며

조심스레 혹시 어떤 만화냐고 물었고 아름은 대답했다. "〈로딩〉이라고….."

아름의 대답이 채 끝나기 전에 챠밍의 비명소리가 모두를 주목시켰다. 상기된 목소리로 챠밍이 외쳤다. "로, 로딩의 작가가 지금 님 바로 옆에 있다구요!!!!"

그 위대한 〈로딩〉의 작가 이지우는 아름의 바로 오른쪽에 앉아 있었던 것이다. 아름은 몸을 돌려 지우를 보고는 어쩔 줄 몰라 했다. 정말 정말 좋아하는 작품이라며 매우 기뻐했다. 지우는 그 자리에서 아름에게 정성스레 사인을 해줬다. 지나가던 권해효 배우님이 신기한 듯 우리를 들여다보았다. 우리 모두 너무 신기하고 기쁜 마음이 더해져 빠른 속도로 가까워졌다.

아름은 정동진까지 혼자 시티100을 타고 왔다고 했다. 주변에 바이크 타는 사람도 없고 무작정 떠난 여행이었기에 부족한 점이 많은 채로 떠났다는 게 한눈에 보였다.

아무리 여름이라도 강원도 산속은 춥고 오랫동안 바람을 맞으며 달리면 더욱 체온이 떨어진다. 장대비를 만날 수도 있다. 그리고 높은 산을 넘는 국도는 꽤 구불구불하고 오르막이면서 깊은 코너, 내리

막이면서 깊은 코너가 많다. 초보에게는 쉽지 않고 위험할 수 있는 여행길이다. 아름은 그 길을 무사히 달려왔다. 그 기쁨이 얼마나 대단했을까.

나는 내가 포기했던 정동진행 여행이 떠올랐다. 이 여행을 해낸 아름이 무척 반가웠다. 서울로 돌아가는 길은 함께 했다. 그리고 1년 후에 우리는 같이 살게 됐다. 어찌 보면 길에서 우연히 만난 사람인데 지금은 가족이 되었다는 것이 아직도 가끔 신기하다.

나는 비혼을 결심하면서도 속내는 불안했다. 혼자서 외롭고 쓸쓸하게 죽을까 봐. 아프거나 힘들 때 도와줄 사람이 없을까 봐. 이제는 앞으로도 이런 식으로 살면 되겠다는 그림이 그려진다. 결혼 상대라고 영원한 건 아닌데 이렇게 마음 맞는 친구들끼리 의지하면서 살면 되지. 그러면서 이 가족에 더욱 애착이 생겼다. 바이크가 아니었다면 이 친구들과 이렇게 깊은 관계가 될 수 있었을까. 바이크는 나에게 이렇게 좋은 가족까지 만나게 해주었다.

나는 바이크를 타고 더 건강해졌다. 바이크를 타고 친구도 생겼고, 가족도 생겼다. 영화도 만들었고, 책도 썼다. 좋아하는 여행도 실컷 다닌다. 바이크를 타고 얼마 후에 독립을 한 것도 우연이 아니라고 생각한다. 힘과 자신감이 생기면서 독립할 용기가 생긴 것이다. 내가 좋아하는 것을, 하고 싶으면 그냥 할 수 있는 힘이 생겼다. 무엇이든 할 수 있다는 자신감이 생겼다. 이게 다 바이크 덕분이다.

나를 만든 세계, 내가 만든 세계
'아무튼'은 나에게 기쁨이자 즐거움이 되는,
생각만 해도 좋은 한 가지를 담은 에세이 시리즈입니다.
위고, 제철소, 코난북스, 세 출판사가 함께 펴냅니다.

아무튼, 바이크

1판 1쇄 발행 2021년 6월 15일
1판 2쇄 발행 2023년 1월 31일
지은이 김꽃비
펴낸이 이정규
펴낸곳 코난북스
출판등록 제2013-000275호
전화 070-7620-0369
팩스 0505-330-1020

conanpress@gmail.com
conanbooks.com
facebook.com/conanbooks

© 김꽃비, 2023

ISBN 979-11-88605-20-0 02810